W0252940

Le bonheur se cache parfois derrière les nuages

DU MÊME AUTEUR

Sortez-moi de là, cherche midi éditeur, 2020.
Ceux qui s'aiment finissent toujours par se retrouver, cherche midi éditeur, 2020.

Sonia Dagotor

Le bonheur se cache parfois derrière les nuages

roman

Robert Laffont

© Éditions Robert Laffont, S.A.S., Paris, 2021
92 avenue de France – 75013 Paris
ISBN 978-2-221-25366-3
Dépôt légal : mai 2021

Quand j'étais petit, ma mère m'a dit que le bonheur était la clé de la vie.
À l'école, quand on m'a demandé d'écrire ce que je voulais être plus tard, j'ai répondu « heureux ». Ils m'ont dit que je n'avais pas compris la question, je leur ai répondu qu'ils n'avaient pas compris la vie.

JOHN LENNON

1.

Juillet 2018
Météo défavorable

Parfois on sait, parfois on ne sait pas, et parfois, on fait semblant de ne pas savoir. J'étais loin de me douter que le vase déborderait ce soir-là. Lorsque Lise m'avait conseillé cette pièce de théâtre, j'avais foncé tête baissée, sans imaginer une seule seconde les conséquences qu'elle aurait sur ma vie.

— La pièce est un carton, vas-y avec Michel. C'est l'histoire d'un couple qui se crêpe le chignon. Il paraît que c'est hilarant. Ça lui plaira, j'en suis certaine.

— Tu le connais bien, mon mari !

— Hé, c'est avant tout mon frère, je te rappelle...

— C'est vrai ! Je vais prendre deux billets tout de suite. Je cherchais une idée pour marquer le coup à l'occasion de nos trente-neuf ans de mariage. La thématique tombe à pic. Merci belle-sœur !

En même temps qu'elle me racontait sa vie trépidante que je n'écoutais que d'une oreille, je réservai deux places sans même lire les critiques. Lise m'avait dit que la pièce était formidable, cela avait suffi à me convaincre.

Le soir venu, la salle était comble. Durant toute la représentation, Michel s'était esclaffé, comme le millier de spectateurs présents. Pour ma part, si j'avais ri de bon cœur au début, les scènes qui s'étaient jouées plus tard n'avaient fait qu'accroître mon malaise. Pire, à plusieurs reprises, les larmes s'étaient invitées sous mes paupières. Michel ne s'aperçut de rien puisque à aucun moment, il n'avait tourné la tête vers moi, trop hilare qu'il était. Malgré tous mes efforts pour attirer son attention, je n'existais plus à ses yeux. Et cela durait déjà depuis un certain temps.

Lorsque la pièce fut terminée et après des salves d'applaudissements, nous avons quitté les lieux dans la cohue. J'avais réservé une table dans un petit restaurant italien que nous aimions bien, près du théâtre. J'avais à peine mis un pied dans l'établissement que Sergio, notre serveur attitré, nous reconnut aussitôt et nous accueillit avec entrain.

— Monsieur et madame Rolland, bonsoir ! Ça faisait longtemps qu'on ne vous avait vus… Comment allez-vous ? Vous étiez au spectacle ? Il paraît que c'est drôle. Dire que je travaille à côté et que je n'y vais jamais, c'est stupide… Si j'avais su, j'aurais choisi une autre vocation. Ce n'est pas facile de concilier loisirs et vie professionnelle quand on exerce mon métier. Mon épouse me le répète souvent. Un peu trop peut-être, va falloir que j'y prenne garde…

Un vrai moulin à paroles, ce Sergio. Pas le temps d'en placer une.

— Votre table est prête, suivez-moi.

Comme chaque fois, il attendit que je lui donne ma veste qu'il accrocha au portemanteau. Michel s'assit sur la banquette. Malgré les règles de galanterie qui, en théorie, dictent qu'un homme doit proposer la banquette à la dame, Michel s'était toujours octroyé cette place, prétextant qu'il serait plus facile pour lui de me défendre en cas de danger. Cela faisait belle lurette qu'il ne regardait plus dans ma direction, de là à voir venir un danger... Sans commentaire.

Un sourire que je n'aurais su qualifier était figé sur ses lèvres. Nous ne nous étions pas adressé un mot depuis que nous avions quitté le théâtre. Pour ma part, la boule qui s'était formée dans ma gorge m'empêchait de dire quoi que ce soit. Heureusement, le serveur nous connaissait par cœur. Il s'approcha, posa devant nous deux kirs à la mûre « offerts par la maison » et nous tendit à chacun un menu.

— Alors, madame Rolland ? Qu'est-ce qui vous ferait envie, ce soir ? Laissez-moi deviner... Les antipasti *misti* suivis des tagliatelles à la truffe, comme d'habitude ? Sinon il y a les suggestions du chef, pour casser la routine. Qu'en pensez-vous ?

Je regardai l'ardoise mais n'y vis pas grand-chose tellement ma vue était brouillée. Son expression « casser la routine » résonnait dans mon esprit. Les yeux rougis, j'esquissai un sourire en murmurant :

— Comme d'habitude, ce sera parfait. Merci...

— Bien, madame. Et pour vous, monsieur ?

— Eh bien, vous avez raison. Cassons la routine, mon petit ! déclara-t-il d'un air condescendant. Je piocherai dans les antipasti de madame – elle a un appétit de moineau – et en plat, je prendrai l'osso buco. En plus, tu n'en cuisines jamais, lança-t-il à mon attention.

Peut-être n'avait-il pas l'intention de me peiner, pourtant, sa petite phrase déchira mon cœur déjà meurtri. Depuis quelque temps, une douleur lancinante s'immisçait en moi et je sentais monter les larmes à la moindre contrariété. Je n'aurais su expliquer pourquoi. Je n'allais pas craquer pour si peu ?

— Ce n'est pas sympa de dire ça… bredouillai-je quand Sergio tourna les talons.

— Oh ! mais qu'est-ce que tu as, ce soir ? On ne peut plus rigoler ?

— Ce n'est pas drôle. Tu m'as humiliée devant le serveur.

Michel n'écouta pas ma réponse, replongeant dans son téléphone sur lequel il s'était déjà lancé dans une partie de Candy Crush, son passe-temps favori. À la maison, passe encore, mais au restaurant… Son attitude me révulsait. Je me sentais seule, abandonnée, laissée pour compte, négligée. La liste de mes sentiments négatifs ne cessait de s'allonger et lui vaquait à ses occupations de sénior geek dans la plus grande indifférence.

Soudain, la colère m'envahit. Je crevais d'envie de hurler pour attirer son attention. Est-ce qu'il fallait que je monte sur la table et que je commence à me déshabiller pour qu'il me regarde ? Nos silences me torturaient. Ne devions-nous pas, *a minima*, partager notre point de vue sur la pièce de théâtre à laquelle nous venions d'assister ? Non... On ne se disait plus rien. Si le restaurant n'avait pas été plein à craquer, on aurait entendu les mouches voler.

Résignée, je me tus, observant mon mari avec une infinie tristesse. Les émotions s'enchaînaient. Une immense déception s'empara de moi. Nous avions tant partagé, Michel et moi. Ensemble depuis quarante et un ans, j'avais organisé cette soirée pour fêter nos noces de crêpe : trente-neuf ans de mariage. Cela me parut bien ridicule. Les crêpes, on n'en fait qu'une bouchée. Nous avions tout vécu ensemble, tant surmonté : les joies, les peines, la vie, la maladie, la mort aussi...

Sans savoir pourquoi, je fus projetée des années en arrière, dans ces méandres qui m'avaient fait choisir un chemin plutôt qu'un autre.

2.

Octobre 1976
Vent du cœur

C'est la rentrée. Aussi impatiente que stressée, je pénètre dans l'amphithéâtre. Après avoir raté ma première année de médecine, il a bien fallu que je me rende à l'évidence : devenir médecin, c'était surtout le rêve de mon père, pas le mien. Pourtant, depuis la mort de Grand-Mère, il déteste les docteurs. Quand elle est morte, à la suite d'un simple examen cardiaque qui a mal tourné, Papa a décrété qu'il ne se ferait plus soigner que par l'un de ses enfants… médecin. Grand-Père est mort peu de temps après. Je les ai à peine connus, tous les deux.

Étant l'aînée de la fratrie, j'ai tenté de lui faire plaisir, mais il faut avouer que je ne me suis investie qu'à moitié. Tout le monde le sait : la première année, ça passe ou ça casse. D'une certaine manière, j'ai tout mis en œuvre pour que se réalise la deuxième partie de l'adage. Soigner les autres, ce n'est pas mon truc. Ce que j'aime par-dessus tout, c'est les défendre. J'aimerais être avocate. Pardon : je serai une grande avocate ! Et même si c'est un métier davantage exercé par des hommes, je veux prouver à la société qu'une femme peut atteindre cet objectif. D'ailleurs, nous sommes nombreuses dans cet amphi à partager la même ambition. Je suis une battante, une bosseuse. Je réussirai.

Mon père ne m'en veut pas mais il n'est plus question de le décevoir. Il n'acceptera pas un autre échec. Une fois, ça va. Une erreur de parcours peut arriver, pas deux.

Grâce à un solide dossier et malgré une année de gâchée, j'ai pu intégrer la meilleure université de Paris. Ma place est ici. Enfin, je l'espère. Je reconnais quelques têtes déjà croisées quand nous étions au lycée. Tout le monde semble excité. Il flotte dans l'air un mélange d'effluves de gel douche et de transpiration : le stress, sans doute. L'air de rien, je renifle mes dessous-de-bras. Rien à signaler.

Je m'installe au deuxième rang, pour être au plus près de la porte et des courants d'air. Dans un brouhaha assourdissant, la salle se remplit. Nous sommes au bas mot deux cents élèves qui rêvons d'exercer des métiers juridiques. Les meilleurs seront magistrats, les moins brillants, juristes ou clercs de notaire. Quand je pense que je m'embarque pour sept années d'études, il faut vraiment que je sois déterminée.

Un jeune homme vient s'asseoir près de moi. Il sent divinement bon. Je remplis mes narines de son parfum : c'est toujours mieux que la mauvaise odeur qui nous encercle. Il tend une main vers moi mais je reste imperturbable. Les hommes ne m'intéressent pas. Je suis encore vierge. Je n'ai pas rencontré celui qui fera battre mon cœur au point de m'offrir à lui. J'ai vingt ans et toute la vie devant moi pour ce genre de choses. Je préfère focaliser mon attention sur mes études pour ne pas devenir comme ma mère qui n'a plus jamais travaillé depuis son mariage. J'ai fréquenté les meilleures écoles privées, je suis une « petite fille sage », sans histoire, sans problème. Je n'ai jamais causé aucune déception à mes parents et je n'ai pas envie que ça change.

Mon voisin à l'odeur boisée a toujours sa main tendue vers moi.

— Salut, je m'appelle Bruno ! Est-ce que tu comptes m'ignorer encore longtemps ? Je me sens un peu con dans cette position… lance-t-il avec un grand sourire.

— Désolée ! J'étais concentrée sur…

Ma phrase reste en suspens lorsque mes yeux croisent enfin les siens et que ma main se retrouve emprisonnée dans la sienne. Son regard bleu ciel me trouble instantanément. Je rougis. Une chaleur délicate se diffuse entre nos paumes jointes qui se balancent un moment dans les airs.

— Sur quoi peux-tu être concentrée ? Le cours n'a pas commencé et le prof n'est même pas là.

— Je sais… J'admets être un peu angoissée, dis-je en lâchant enfin sa main.

— Et donc ?

— Et donc, quoi ?

— Ton prénom, c'est…

— Ah pardon ! Je m'appelle Francine. Enchantée de te connaître.

— Pareil ! J'ai eu peur un instant que ce ne soit pas le cas.

Mes nerfs lâchent. J'éclate de rire. C'est le moment que choisit le professeur pour entrer dans la salle. Mon rire résonne dans l'amphi alors que tous les élèves se taisent, se levant comme un seul homme pour accueillir l'enseignant. Occupée à m'esclaffer, je ne vois pas ce qui se passe autour de moi. Bruno me donne un coup de coude pour me prévenir : le professeur a le regard rivé sur moi comme un revolver pointé vers sa cible. Je suis repérée. Je me lève d'un bond et devine à son expression qu'il m'aura dans le collimateur toute l'année. J'accuse immédiatement mon voisin.

— Merci ! Grâce à toi, ce prof me déteste déjà.

— N'importe quoi ! Il adore ton rire. D'ailleurs, moi aussi, je l'ai adoré, chuchote-t-il.

— Pfff, c'est toi qui dis n'importe quoi ! Et si tu essaies de me faire un numéro de charme, je t'arrête tout de suite, euh… C'est quoi ton prénom, déjà ?

— Bruno, répond-il.

— Donc, je t'arrête tout de suite, Bruno. Si tu as l'intention de me séduire, ce n'est pas la peine, tu perds ton temps. Ça ne m'intéresse pas. Je suis ici pour devenir une brillante avocate.

— Il ne fallait pas me dire ça, Francine… Parce que c'est précisément ce que j'ai l'intention de faire.

— T'es un malade !

Agacée, je me redresse pour changer de place, obligeant au passage chaque élève à se lever. Je m'installe au premier rang où il reste une seule place disponible au bout de la rangée.

— Quand mademoiselle aura fini son raffut, je pourrai enfin me présenter, lance le professeur. Ça y est, vous avez terminé votre déménagement ?

— Je vous prie de m'excuser, monsieur.

— Alors, qu'avez-vous à dire pour votre défense ?

Prise au dépourvu par sa question, je ne sais que répondre et bafouille :

— Euh… C'est-à-dire que…

— Eh bien ! Je vais avoir du boulot avec vous. La plaidoirie, ça se travaille. C'est même un art et c'est ce pour quoi je suis là. Mon nom est Michel Rolland, énonce-t-il en l'écrivant en énorme sur le tableau noir. J'enseigne le droit. Je serai sans doute votre prof le plus sympathique cette année. Le plus exigeant, aussi.

Je lève les yeux au ciel. Il semble bien jeune pour être professeur à la faculté. Je pourrais le trouver charmant s'il n'était pas si prétentieux.

— Qu'y a-t-il, mademoiselle ? Vous avez l'air de douter de mes compétences ?

Je ne vois pas qu'il s'adresse à moi, obnubilée par son nom inscrit au tableau.

— Vous êtes avec nous ? Hé ! Oh ! Vous n'êtes pas là pour rêvasser !

Dans l'assemblée, des ricanements résonnent.

— Silence ! hurle-t-il. Si mes cours sont les plus sympas du cursus, ils sont aussi les plus importants. Je vous conseille de la boucler et d'ouvrir grand vos oreilles.

Je soupire *in petto.* Il me déteste et je le déteste aussi. Je suis fichue. L'année commence mal.

*

Lorsque la sonnerie retentit, je file à l'anglaise, comme une voleuse, tête baissée. Je sens clairement le regard du professeur peser sur ma nuque. À l'extérieur, Bruno me rejoint.

— Ah non, pas toi !

— Francine, je suis navré.

— Laisse-moi ! Par ta faute, je suis déjà cataloguée.

— Je suis désolé de t'avoir fait rire...

Je repense au ridicule de la situation. Après tout, c'est moi qui ai ri, et pour pas grand-chose. Je l'ai peut-être jugé un peu vite. Bruno est un type agréable. Il est le seul à m'avoir adressé la parole depuis que j'ai mis les pieds dans l'établissement.

— Tu sais ce qu'on dit : femme qui rit, à moitié dans ton lit...

Jugement à revoir : ce garçon est un pervers.

— Ah ! Ah ! Très malin... Laisse-moi. Je dois aller au cours suivant.

— Excuse-moi d'être si bête. Je te promets que ce n'est pas dans mes habitudes. Je peux t'accompagner ? J'ai vu qu'on était dans le même groupe de travail.

— Ah bon, tu enquêtes sur moi, maintenant ? Tu n'as pas perdu de temps.

— Pas vraiment, mais les listes sont affichées sur le mur. Je viens de regarder, c'est tout, et comme il n'y a qu'une seule Francine dans cette promo, j'en ai déduit qu'il s'agissait de toi.

— Ah… et donc, tu sais où se trouve la salle ?

— Oui, suis-moi ! Je connais cette université comme ma poche.

— Comment ça se fait ?

— Il suffit de repiquer son année. C'est aussi simple que ça !

C'est ainsi que Bruno et moi nous dirigeons vers la salle de notre prochain cours. En quelques minutes, j'apprends les raisons de son redoublement. Sa mère a dû se rendre au chevet de sa grand-mère malade, pendant plusieurs mois, le laissant seul gérer ses deux petites sœurs et aider son père dans la brasserie familiale. Mais tout est rentré dans l'ordre : sa grand-mère est morte cet été et sa mère est rentrée à la maison.

— Mince, tu me racontes ça avec un tel détachement. Tu n'es pas triste pour ta grand-mère ?

— Si, bien sûr, mais c'est la vie. Je ne sais pas pourquoi je te dis tout ça, d'ailleurs…

— Allez, maintenant, on se tait. J'accepte que tu te mettes à côté de moi, uniquement parce que tu sens bon. Sache-le !

— Serait-ce un compliment ?

— C'est un fait ! Chut, la prof arrive.

— Bonjour à tous ! scande l'enseignante qui entre en classe. Asseyez-vous, je vous prie.

*

Plusieurs mois sont passés depuis la rentrée. Bruno et moi sommes devenus inséparables. Nous travaillons beaucoup ensemble. Chaque fois qu'il faut choisir un binôme, c'est sur lui que je jette mon dévolu. Il est constant, fiable, rassurant et n'essaie même plus de me séduire. De temps à autre, il a des conquêtes passagères. Chaque fois, mon cœur se serre mais je ne lui en dis rien. Il revient toujours vers moi, me racontant ses histoires et ses déboires. C'est un romantique. Bruno rêve du grand amour. Il prétend souvent qu'il se trouve là, juste sous nos yeux, faisant sans doute allusion à nous deux. J'ai beaucoup d'affection pour lui, mais je ne suis pas amoureuse. Je ne crois pas l'avoir jamais été, d'ailleurs : j'ignore tout des sentiments que cela engendre.

Mes amies, Danielle et Patricia, pensent que je me voile la face. Lorsqu'on se retrouve entre filles, nos sujets de conversation préférés tournent autour des garçons. Elles ne croient pas en l'amitié entre un homme et une femme.

— Francine, tu ne nous dis pas tout ! Tu nous bassines les oreilles avec tes « Bruno par-ci, Bruno par-là » et tu prétends que tu ne l'aimes pas, c'est bizarre, s'étonne Patricia.

— Je l'adore, d'accord ! Il me fait rire. Mais je ne crois pas que ce soit suffisant pour décréter qu'on aime quelqu'un. Si ?

— Tu devrais tenter, quand même… Tu ne comptes pas rester pucelle toute ta vie ? commente Danielle, notre croqueuse d'hommes.

Nous éclatons de rire devant la spontanéité de sa phrase.

— Mais bien sûr ! Pour qu'il souffre ? C'est hors de question ! Je préfère encore rester vierge *ad vitam aeternam.*

— Si ça se trouve, tu aimes les femmes, lance Patricia.

— Ou alors, tu étais destinée à rentrer dans les ordres, pas à devenir avocate ! poursuit Danielle en riant.

— Arrêtez les minettes ! C'est n'importe quoi. Je ne suis ni lesbienne ni bonne sœur. Bruno n'est tout simplement pas le bon.

— Comment tu peux dire ça sans l'avoir essayé ?

— Oh, vous me cassez les pieds, lâchez-moi un peu ! Et si nous parlions de vous, plutôt ! Tiens, toi, Danielle, tu en es où avec Étienne ?

— Étienne ? C'est qui ? s'exclame-t-elle hilare. C'est fini depuis longtemps ! Maintenant, je sors avec Pascal. Nous passons des nuits torrides, je n'ai jamais connu un tel amant.

— Comment ? Et tu nous l'annonces comme ça ?

— C'est du sérieux, cette fois, je vous jure…

— Tu dis ça chaque fois que tu as un nouveau mec, dis-je.

— Méfie-toi de ne pas tomber enceinte, tu serais coincée… commente Patricia.

— Ne parlez pas de malheur, les filles ! Si ça m'arrive, mes vieux me tuent.

— Arrête, tu as les parents les plus cool de l'univers, remarque Patricia.

— C'est vrai. J'ai tendance à l'oublier. Et toi ? Ton vieillard te drague toujours ?

— Ce n'est pas un vieillard, rétorque Patricia. André n'a que trente-quatre ans. Et c'est un gentleman, lui. Pas comme ton Étienne, ton Bernard, ton Pierre, Paul ou Jacques… Aucun d'eux n'arrive à la cheville de mon André. D'ailleurs, j'attendais une occasion spéciale pour vous annoncer quelque chose. Je crois que c'est le moment idéal…

— Quoi ? Vite, dis ! crions-nous en chœur, au bord de l'hystérie.

— Tenez-vous bien : il m'a demandée en mariage… Et j'ai dit ouiiiiii ! Vous serez mes témoins à la mairie ! Vous êtes d'accord ?

Ensuite, je ne me rappelle plus très bien. Nous avons dansé pour fêter la nouvelle, et beaucoup bu – Patricia a toujours chez elle un stock impressionnant de champagne. Nous avons fumé, aussi, un paquet entier de cigarettes alors que je ne fume jamais, jusqu'à finir endormies enlacées toutes les trois sur son canapé-lit. Si une partie de la soirée reste une énigme, en revanche, je me souviens parfaitement des rêves érotiques que j'ai fait, durant mon sommeil agité. Et l'inavouable professeur de droit y tenait une place de choix.

*

Les semaines s'enchaînent à vive allure. La fin d'année est proche. Le stress monte. Les révisions sont notre quotidien. Il est impératif que nous réunissions nos examens pour passer en deuxième année. En dehors des cours, Bruno et moi ne nous quittons plus. Pour travailler, bien entendu.

Entre deux séances studieuses, il évoque les vacances d'été que nous aurons amplement méritées, du bon temps qu'il compte bien s'offrir : virées entre copains, sorties nocturnes... Ils ont prévu de partir quelques jours en Bretagne, à Fouesnant. Il paraît que les plages y sont très jolies. L'eau est fraîche mais la baignade n'est pas l'activité principale de leur programme. Je ne sais pas ce qui me prend. Un sentiment nouveau s'empare de moi : la jalousie. J'essaie de ne rien laisser paraître. Dans mon esprit, « virées entre copains » se transforme en « rencontres avec des femmes » ; femmes avec lesquelles il ne se contentera pas de discuter comme il le fait avec moi. Bruno n'aura aucun mal à les convaincre de coucher avec lui. Il est séduisant, grand et bien bâti. Il me fait penser à cet acteur si sexy : Alain Delon. Ils ont le même regard envoûtant, les cheveux châtains et cet air charmeur à tomber par terre. Bruno est beau et il le sait.

Ce soir, pour la première fois, j'ai envie de l'embrasser. Je n'ai rien prémédité et il ne voit rien venir. Pendant plusieurs minutes, je le détaille discrètement. Il me plaît. Alors qu'il est plongé dans ses cours, je m'approche de lui. Je passe doucement ma main dans son dos, provoquant un sursaut de sa part. Mon dernier baiser avec un garçon date du lycée. Vais-je savoir m'y prendre ? Surpris par mon geste, son regard trahit l'incompréhension.

— Francine, qu'est-ce que tu fais ?

— Chut, s'il te plaît, je risquerais de changer d'avis...

Et le plus lentement du monde, j'approche mon visage du sien et dépose un baiser sur ses lèvres, d'une douceur exquise. Bruno me serre contre lui, m'emprisonne avec ses bras, de peur que je lui échappe.

— Si tu savais comme j'attendais ce moment, murmure-t-il dans un souffle.

— Ne dis plus rien. Embrasse-moi.

Mon corps entier est en ébullition. Jamais je n'ai senti une telle chaleur m'envahir. Se pourrait-il que je sois amoureuse de lui ?

*

Ce soir-là, Bruno et moi n'avons pas fait l'amour. Si nos baisers et nos caresses ont duré des heures, je ne me sens pas encore prête à franchir le pas. Mon éducation, sans doute. Mes parents ont confiance en moi et je n'ai pas envie de les décevoir. Je ne leur ai jamais parlé de Bruno. Quand je passe du temps avec lui, ils me croient à la bibliothèque pour étudier ou avec Patricia et Danielle pour préparer le mariage. Ces mensonges sont déjà très lourds à porter.

Bruno respecte ma retenue. Il est très heureux de notre idylle – qu'il n'espérait plus –, et me répète sans cesse que je suis la femme de sa vie, qu'il est tombé amoureux de moi à la minute où il s'est assis à mes côtés, le jour de la rentrée. Il est prêt à attendre tout le temps qui me sera nécessaire pour passer à l'étape supérieure. Rien ne presse. Son amour pour moi est si fort qu'il ne voudrait en aucun cas le compromettre. Il m'a juré d'être patient. Et puis, il n'aura peut-être pas longtemps à attendre. Dans quinze jours, c'est le mariage d'André et Patricia. La réception aura lieu dans la vieille grange de ses grands-parents, en Champagne. Bruno et moi partagerons la même chambre. Je ne vous fais pas de dessin. Ce sera sûrement le moment idéal…

*

La semaine a été intense. Je n'ai pas beaucoup vu Bruno. Nous nous dispersons trop facilement lorsque nous travaillons ensemble, alors d'un commun accord, nous sommes convenus qu'il valait mieux réviser chacun de son côté. Nos retrouvailles n'en seront que meilleures.

C'est l'heure de la dernière épreuve écrite. Assise devant ma feuille, j'en veux à Patricia d'avoir choisi une date si proche de nos examens pour se marier. Je n'arrive pas à me détendre. En même temps, Patricia s'en fiche comme de l'an quarante. Depuis qu'elle a dit oui, elle a appuyé sur le bouton « pause », convaincue de ne pas avoir à travailler en épousant André dont la situation financière est garantie. Personnellement, je ne partage pas son avis. Une femme doit être indépendante.

Allez, ce n'est pas le moment de divaguer, je dois me concentrer.

Je jette un regard à Bruno. De loin, il me répond par un clin d'œil encourageant et murmure « je t'aime » du bout des lèvres. Je lui souris et me lance corps et âme dans la rédaction de mon devoir.

Lorsque je quitte la salle, je suis satisfaite et plutôt fière de mon travail. Je m'adosse contre un mur en attendant Bruno. Voilà, l'année est terminée, la dernière épreuve passée, je vais enfin pouvoir souffler. Je ferme les yeux un instant lorsque des pas résonnent dans le couloir. C'est Michel Rolland, notre professeur, qui vient dans ma direction.

— Bonjour, tout s'est bien passé, mademoiselle ? me demande-t-il.

— Oui, monsieur. Il me semble.

— C'est parce que vous avez eu un bon professeur.

Il s'avance vers moi, trop près, beaucoup trop près, et sans que je comprenne ce qui est sur le point de se produire, Michel Rolland m'embrasse sur la bouche.

— Je vous prie de m'excuser, Francine, dit-il penaud. Je n'ai pas pu m'en empêcher. J'en mourais d'envie depuis le jour de la rentrée.

Choquée, je suis incapable de dire quoi que ce soit. Je touche mes lèvres comme pour vérifier que je n'ai pas rêvé. Encore humides, elles ressentent déjà le manque de ce baiser furtif. Qu'est-ce qui me prend ?

— La prochaine fois, j'adorerais que vous me rendiez mon baiser, lance Michel Rolland avant de tourner les talons.

Sans attendre ma réaction, il poursuit son chemin dans ce couloir désert. Ma respiration s'est accélérée, mon cœur bat à tout rompre. Je sursaute malgré moi lorsque la porte de la salle d'examen s'ouvre à nouveau. Les étudiants sortent les uns après les autres, chahutant et plaisantant, soulagés d'en avoir fini avec ce dernier partiel.

Au loin, j'aperçois le beau visage de Bruno. Je décide de garder pour moi ce baiser, presque imaginaire ou imaginé, un instant suspendu dans l'espace-temps. L'ai-je seulement vécu ?

*

— Patricia Leturnier, voulez-vous prendre pour époux André Gilquan, ici présent, pour l'aimer, le chérir, dans la richesse comme dans la pauvreté, dans le bonheur comme dans l'adversité et ce, jusqu'à ce que la mort vous sépare ? demande le prêtre.

Bruno semble plus ému que la mariée elle-même. Je devine en regardant ses lèvres tressaillir qu'il répond à sa place.

— Je le veux.

— André Gilquan, poursuit le curé, souhaitez-vous prendre pour épouse, Patricia Leturnier, ici présente, pour l'aimer, la chérir, dans la richesse comme dans la pauvreté, dans le bonheur comme dans l'adversité et ce, jusqu'à ce que la mort vous sépare ?

— Oui, je le veux.

Bruno, qui ne m'a pas lâché la main depuis que nous avons pénétré dans cette petite église, me regarde avec une extrême intensité, les yeux brillants d'émotion.

— Un jour, ce sera nous, chuchote-t-il. Qu'est-ce que tu en dis ?

Pour toute réponse, je lui souris. Profitant de l'appel du curé pour applaudir les nouveaux mariés, je lâche sa main. Je sens de sa part un regain de romantisme. Moi, je ne sais plus où j'en suis depuis le baiser volé de mon professeur. Je chasse cette pensée mais ma moue n'échappe pas à mon amoureux.

— Ça ne va pas, Francine ? Je te trouve… comment dire… ailleurs.

— Si, si, ça va. C'est ce mariage, je n'y crois pas beaucoup. Patricia est très jeune et il a quinze ans de plus qu'elle. Je ne leur donne pas un an.

— Chuuut ! proteste une vieille dame assise sur le banc derrière nous.

— Je ne suis pas d'accord avec toi, chuchote Bruno. Ils sont heureux et sincères. Ça se voit qu'ils s'aiment.

— On verra bien.

— Après tout, je me fiche pas mal d'eux. J'ai hâte d'être à ce soir. Je t'aime, Francine, dit-il en m'enlaçant par la taille. Cette robe te va à ravir mais il me tarde de te la retirer. J'ai très envie de toi.

— Chut ! récidive avec autorité la râleuse, sans doute exaspérée par notre attitude désinvolte dans la maison du Seigneur.

Le prêtre termine son homélie. Plusieurs témoins lisent des textes, puis tout ce petit monde signe les registres, et bientôt, la cérémonie touche à sa fin.

*

La réception est une réussite. Malgré le ciel menaçant, il n'a pas plu une goutte et la température est estivale. Pour nous rafraîchir, nous abusons du champagne qui coule à flots. Danielle est venue avec Pascal. Il semble très épris, mais ce qui me surprend le plus, c'est la façon dont mon amie regarde amoureusement cet homme qu'elle nous présentait il y a quelques mois comme « le meilleur coup de sa vie », autrement dit, une relation aussi intense qu'éphémère. Avec Patricia, on pensait qu'il serait un homme de plus sur son tableau de chasse déjà bien étoffé. Force est de constater que nous l'avons mal jugée : leur relation a pris un nouveau tournant, plus question pour elle de papillonner, ses précédentes conquêtes ne sont plus qu'un lointain souvenir. Danielle est bien plus sage depuis qu'elle fréquente Pascal. Se pourrait-il qu'elle l'aime vraiment ? Se pourrait-il qu'un homme puisse changer une femme à ce point et vice versa ?

*

Il est tard. Ou plutôt, il est tôt. Les mariés se sont éclipsés sans que personne s'en soit aperçu. Danielle et Pascal partent se coucher à leur tour. En me serrant dans ses bras, mon amie me susurre à l'oreille :

— Ne t'inquiète pas, ma minette. Ce sera magique car vous vous aimez tous les deux, ça crève les yeux. Comme je t'envie de t'apprêter à vivre cette toute première fois. À demain, ou plutôt à tout à l'heure.

Bruno et moi prenons la route pour regagner la chambre mise à notre disposition dans la demeure de l'oncle de Patricia, à quelques kilomètres de là. Officiellement, je suis censée dormir avec Danielle. C'est ce que j'ai dit à mes parents pour qu'ils m'autorisent à assister au mariage de ma meilleure amie. En réalité, il n'en a jamais été question. De toute évidence, nous n'allons pas beaucoup dormir. Bruno me dévore des yeux depuis la sortie de la messe, et maintenant que nous sommes dans sa Renault 6, ses mains baladeuses flirtent davantage avec mes cuisses dénudées qu'avec le volant. Heureusement, il est à peine cinq heures du matin, les routes sont désertes. Et malgré l'alcool qui coule dans ses veines, il ne prend aucun risque. Au loin, l'aube pointe ses premières lueurs. Le paysage est tellement beau que j'ai envie d'immortaliser ce moment.

— Bruno, arrête-toi, s'il te plaît…

— Quoi, là, maintenant ? Mais nous sommes presque arrivés !

— Je t'en prie. C'est ici que je voudrais faire l'amour…

Comme si j'avais prononcé une formule magique, la voiture bifurque dans un champ et s'échoue sous un arbre dont le feuillage est si dense qu'il pourrait abriter de la pluie tout un troupeau de vaches. Bruno coupe le contact et se penche vers moi pour m'embrasser passionnément.

— Aime-moi, Bruno, dis-je le souffle court.

— C'est déjà le cas, ma chérie, je t'aime comme un fou. Attends une petite minute, je veux que tout soit parfait. Il est hors de question de faire ça dans la voiture, tu mérites mieux pour ta première fois. Je crois que j'ai ce qu'il faut dans le coffre.

Il réapparaît avec une couverture qu'il pose sur le sol après avoir pris soin de chasser quelques brindilles pointues. Satisfait, il ouvre ma portière et m'invite au voyage.

— Si mademoiselle veut bien se permettre, c'est prêt. Viens dans mes bras.

Telle une plume, il me soulève dans les airs avant de me poser sur la couverture avec une infinie délicatesse. Il m'observe longuement, me laissant tout le loisir de me noyer dans son regard océan. Passionnée, j'attire sa bouche vers mon visage qu'il couvre de mille baisers avant d'investir d'autres parties de mon corps, plus intimes, et plus réceptives que jamais à ses lèvres expertes. Lentement, il déboutonne ma robe, libérant mes seins tendus et assoiffés de caresses. Mes mains parcourent son dos qui frissonne sous mes doigts. Ses cheveux ne m'ont jamais semblé aussi soyeux ni sa peau si douce. La fraîcheur du petit matin ne parvient pas à éteindre le feu qui me dévore. Quand ma dentelle glisse le long de mes jambes, je brûle de désir. Bientôt, Bruno et moi ne faisons plus qu'un. Je ne ressens aucune douleur, à laquelle je m'étais pourtant préparée, et le laisse me conduire au firmament. Je frémis de plaisir. Je ne veux pas que ça s'arrête, jamais. Chaque geste n'est que volupté.

— Tu es si belle, ma Francine…

Je suis bien incapable de prononcer un mot, j'ai trop peur de rompre le charme de ce moment qui, à n'en point douter, restera gravé à jamais dans ma mémoire. Plus rien n'existe à cet instant précis, ni mes parents et leur éducation d'un autre temps, ni mon professeur de droit qui m'a causé bien des tracas ces dernières heures. Serais-je en train de rêver ? J'ouvre les yeux et à travers le feuillage, je distingue quelques étoiles qui scintillent encore. Aucun nuage à l'horizon.

Repus et heureux, Bruno et moi sombrons finalement dans un court mais profond sommeil, ma tête nichée dans le creux de son épaule ferme, son souffle dans mes cheveux, blottis dans les bras l'un de l'autre sous la couverture rabattue sur nos corps nus.

3.

Juillet 2018
Chaud devant, chaud !

Après quelques minutes d'égarement dans des pensées si sensuelles que j'avais soudain très chaud, le serveur nous apporta le plat d'antipasti et le vin commandé par Michel.

— Souhaitez que nous augmentions la climatisation ? me demanda-t-il alors que je m'éventais avec la serviette de table.

— Oh non, ce n'est pas nécessaire. Ça va passer.

Michel pouffa bêtement, s'imaginant que j'étais importunée par des tracas d'ordres féminins. S'il savait ce qui animait véritablement mes pensées…

Sergio versa un fond de verre de vin à mon mari afin qu'il puisse le goûter. Michel but une gorgée, fit claquer sa langue et circuler l'alcool dans sa bouche comme s'il était diplômé en œnologie. Quelle arrogance !

— Comment le trouvez-vous ?

— Pas trop mal, répondit Michel d'un air hautain tout en levant son verre déjà vide pour que le serveur puisse le remplir.

— Madame, vous désirez un peu de vin ?

— Francine ne boit jamais, lança mon mari qui grimpait lentement mais sûrement sur mon échelle d'intolérance.

— C'est mal me connaître. Ce sera avec grand plaisir, merci ! rétorquai-je uniquement dans le but de le contredire.

Je ne tiens pas l'alcool mais qu'importe, j'ai toujours aimé boire. De toute façon, j'étais résolue à faire n'importe quoi pour me changer les idées. Le serveur nous balaya du regard, perçut la tension qui régnait à cette table qui nous avait pourtant maintes fois accueillis dans une ambiance bien plus chaleureuse et conviviale.

— Qu'est-ce qui te prend ? demanda Michel lorsque Sergio s'éloigna. Tu ne bois jamais !

— Il n'est pas trop tard pour s'y mettre, répondis-je en levant mon verre. À nous ! Ou plutôt à ce qu'il en reste, marmonnai-je.

Michel fit mine ne pas m'entendre.

— Est-ce qu'on fête quelque chose ? demanda-t-il.

— Trente-neuf ans de mariage. Je sais bien que les dates n'ont jamais eu d'importance pour toi mais j'espérais que tu t'en souviennes, pour une fois.

— Trente-neuf ans, déjà ? Tu aurais dû me le dire. Ça t'aurait évité une contrariété.

D'un trait, je vidai mon verre. Si ça pouvait anesthésier la méchante douleur qui étouffait mon cœur...

— Francine, tu es bizarre, ce soir...

— Michel, est-ce que tu te rappelles notre premier vrai baiser ?

— Est-ce bien important ? Ça fait tellement longtemps que nous sommes ensemble. Les deux tiers de ma vie, je les ai passés avec toi. Des baisers, il y en a eu à la pelle. Je ne vois pas ce qu'il te faut de plus ?

Je m'étais servi une tranche de mozzarella ainsi qu'un petit artichaut à l'huile, mais ma gorge était si nouée que j'avais beau mastiquer, je ne parvenais pas à avaler ma bouchée. Je compris que ce repas allait me rester sur l'estomac. J'avais l'appétit coupé. Ce dîner était une mauvaise idée. Cette soirée était une mauvaise idée. La présence de mon mari m'indisposait. Comment pouvait-il être si insensible à mes états d'âme et ingurgiter tout ce qui lui passait sous la main dans l'indifférence la plus totale ?

— Je me sers, hein. Tu picores comme un moineau. Ce serait dommage que ça se perde. Et dire qu'en Afrique, des gosses meurent de faim.

4.

Septembre 1977
L'été indien

J'ai passé tout l'été chez René et Joséphine, mes grands-parents maternels. Ils vivent à Montbrun, un petit village dominant la vallée du Tarn. Avec mon jeune frère Christian, on y va depuis qu'on est tout petits. Dès que sonne l'heure des vacances scolaires, c'est notre point d'ancrage familial, l'occasion de revoir les cousins éparpillés aux quatre coins de la France. L'occasion aussi d'écouter Mémé nous raconter les vieilles anecdotes de notre famille. Sa préférée : comment notre père a courtisé notre mère sur la place du marché. Maman n'a pas eu la chance de faire des études. Aussi, pour gagner des sous, elle travaillait avec un voisin commerçant qui tenait un étal de fruits et légumes. Ma mère avait la bougeotte. La couture et le ménage n'étaient pas ses activités favorites. Il fallait qu'elle se rende utile.

Un jour, alors qu'elle portait un cageot de pommes avec ses petits bras menus, mon père, qui passait par là par hasard, y vit comme un signe du destin. Cette femme n'était pas à sa place. Dès que son regard croisa le sien, il tomba amoureux d'elle. À l'époque, les gens n'avaient pas besoin de grands discours pour s'aimer. Le charisme de mon père plut aussitôt à ma mère qui, par principe – allez savoir lequel – refusait toutes les demandes en mariage des jeunes hommes du village, notamment ceux qui l'avaient vue devenir une femme, belle et forte qui plus est. Résolu à ne pas partir sans ses coordonnées, mon père entreprit sur-le-champ des recherches sur sa famille. Il aperçut deux vieilles dames qui discutaient près du poissonnier et qui avaient l'air au fait de tous les commérages.

— Bonjour. Pardonnez-moi si je vous dérange. Savez-vous comment se prénomme la demoiselle avec la robe à fleurs, là-bas ? Celle qui travaille avec le maraîcher.

— La fille Berthier ? Hou là… Bonne chance, mon garçon ! Il n'est pas né celui qui l'épousera, Violette ! lança l'une d'elles avec un fort accent local.

— Son paternel est une teigne, s'exclama l'autre. Quant à la demoiselle, comme vous dites, elle fait la difficile. Si elle continue, plus personne n'en voudra et elle finira vieille fille.

Je connais par cœur chacun des mots que Mémé prononce avant même de les entendre sortir de sa bouche. La suite est simple. Il s'approcha d'elle et lui glissa son adresse sur un bout de papier. Charmée, ma mère eut l'audace de lui écrire. Pendant plusieurs semaines, ils échangèrent des lettres passionnées. C'est la plume de Papa qui séduisit Maman. Quatre mois plus tard, il revint, l'épousa en bonne et due forme, l'arracha du pays, et tous deux partirent vers la capitale. C'était en février 1955.

Seulement cette fois, le discours de Mémé a quelque peu changé. C'est mon histoire qu'elle a cherché à découvrir. Elle a bien senti que quelque chose en moi était différent.

— Et toi, Francine, quand te marieras-tu ? Les études, c'est bien, mais tu dois penser à fonder une famille.

— Je ne suis pas pressée, Mémé Jo.

— Ne me dis pas qu'une jolie femme comme toi n'a pas encore de fiancé ?

Qui ne dit mot consent. Le rose a teinté mes joues au souvenir de ma toute première nuit d'amour avec Bruno sous cet arbre perdu en pleine campagne champenoise. Je suis certaine que Mémé a perçu mon trouble et compris que je n'étais plus la petite fille qu'elle a vue grandir, que j'étais désormais une femme, une vraie.

Elle n'a plus rien dit à ce sujet. Nous avons passé du temps ensemble, à parler de la pluie et du beau temps, à cuisiner beaucoup, aussi, et à danser sur les tubes d'Elvis Presley qui venait de mourir d'une crise cardiaque à quarante-deux ans. C'est jeune pour mourir ; ça nous a fichu un coup. Pépé vieillit et Mémé était contente que la jeunesse emplisse la maisonnée même si nous ne sommes plus les enfants qu'elle a connus jadis.

Pourtant, tous ces bons moments partagés avec ma famille n'ont pas réussi à atténuer le manque de mon Bruno. Ces vacances loin de lui ont été un supplice. Bien sûr, nous nous sommes écrit, mais les courriers créent une attente insoutenable. J'avais envie de le serrer dans mes bras, de sentir ses doigts sur ma peau, de me blottir contre son cœur.

Après une semaine de repos avec ses amis bretons, Bruno a travaillé tout l'été dans la brasserie de son père. Ce dernier ne comprend d'ailleurs pas pourquoi son rejeton n'envisage pas tout simplement de « reprendre la boutique » et s'obstine à vouloir faire des études de droit. Qui le mèneront où, d'ailleurs ?

Cela fait sept semaines que nous ne nous sommes vus. J'aurais pu annuler mes vacances mais ni mes parents ni mes grands-parents n'auraient compris mes motivations. Il aurait fallu que je leur explique pourquoi et je n'avais pas envie de me justifier, ni de devoir mentir. Notre amour s'en trouvera consolidé. J'en suis certaine.

*

Il ne devrait plus tarder à présent. Nous avons rendez-vous chez Dédé, le cafetier situé près de la Sorbonne. J'ai mis ma jolie robe à fleurs, sa préférée, et des espadrilles que j'ai trouvées au marché du village. Dans mon cou, j'ai vaporisé le parfum qu'il m'a offert avant mon départ, et pour parfaire le tout, j'ai appliqué une touche de rouge à lèvres, brillant mais discret. Me trouvera-t-il changée ?

Lorsque sa silhouette apparaît dans mon champ de vision, je bondis de ma chaise pour me lancer à sa rencontre. Je saute dans ses bras, sous le regard attendri des passants – et celui, bien moins attendri, du garçon de café qui s'imagine que je me sauve sans payer. Comme tous les jeunes amoureux qui se retrouvent après de longues semaines, nous nous murmurons des mots doux, les mêmes que nous avons échangés dans nos lettres ou au téléphone, mais ils ont tellement plus de saveur lorsque l'être aimé est si proche de soi !

Bruno pose quelques pièces sur la table pour régler le thé que je n'ai pas terminé et m'entraîne en m'attrapant la main. Sans savoir où il me conduit, je le suis d'un pas déterminé. Quand nous pénétrons dans l'hôtel le plus proche, je saisis les intentions de mon amant. Devant le réceptionniste, ma gêne est palpable. Il lève les yeux vers nous, je me cache derrière mon amoureux, transie de honte. Son petit sourire narquois me glace le sang. Il sait pourquoi nous sommes là. Un couple qui se rend à l'hôtel en pleine journée, cela ne fait aucun doute. Mais je n'en veux pas à Bruno. Moi aussi, j'ai très envie de lui. Il attrape la clé, serre ma main plus fort et court presque dans les escaliers pour atteindre la petite chambre située au bout du couloir du premier étage. Lorsqu'il tourne la clé dans la serrure, il plonge enfin son regard dans le mien. Un flot d'émotions me traverse l'esprit et le corps.

— Après vous, charmante demoiselle, dit-il en m'invitant à entrer la première. Ce n'est pas ce que nous avions prévu mais tu m'as trop manqué.

— Ce n'est pas non plus ce que j'avais imaginé mais ce sera peut-être encore mieux…

Plantée au milieu de la chambre minuscule, je reste immobile un instant, tremblant de peur ou d'excitation, je n'arrive pas bien à le déterminer. Bruno m'observe tendrement. Ou plutôt, il me dévore des yeux. Je me sens déjà nue. Il s'approche, et à l'instant où ses doigts se posent sur mon cou, une décharge d'électricité statique traverse ma nuque.

— Entre nous, ça fait des étincelles, murmure-t-il dans un sourire.

— Ne dis pas n'importe quoi. C'est la moquette…

— Nous devrions enlever nos chaussures, qu'en penses-tu ?

— Je pense qu'on devrait tout retirer. C'est plus sûr.

*

Quelques jours plus tard, c'est déjà la rentrée. Malheureusement, je reprends le chemin de l'université sans mon bien-aimé. Bruno a tardé à m'avouer que la détermination de son père avait eu raison de ses ambitions : il arrête ses études pour le seconder à la brasserie. Tout est officialisé devant le notaire : Bruno est son unique garçon, c'est à lui que revient l'affaire familiale. Tout ce qu'il exècre… Il a perdu sa ferveur, sa bonne humeur. La petite étincelle qui brille dans ses grands yeux se voile un peu plus chaque jour. Il est épuisé. Pourtant, il ne se sent pas la force de lutter contre son père. Cette brasserie se transmet de père en fils depuis trois générations.

En même temps que le sien, mon monde s'effondre. Maintenant que je suis seule à la fac, ce n'est plus pareil. Je me rends compte à quel point sa présence à mes côtés m'était précieuse. Néanmoins, je ne perds pas de vue l'objectif que je me suis fixé : devenir avocate. Mais je suis perturbée. Revoir Michel Rolland, mon professeur de droit, fait rejaillir les doutes que l'été était parvenu à dissiper. Je le fuis comme la peste, sentant la menace d'un grave danger. Je suis bien obligée de l'admettre : son expérience et sa maturité me charment. Mes lèvres brûlent chaque fois que son regard se pose sur moi, ravivant chaque détail du baiser volé il y a plusieurs mois. Je ne saurais qualifier ce qui m'arrive quand monsieur Rolland est près de moi.

Cette situation me met mal à l'aise. Bien sûr, Bruno ignore tout. Il travaille tellement, le pauvre. Je le vois de moins en moins souvent. Il est fatigué, déjà usé par ce métier qu'il hait et qui nécessite tant d'énergie. Quand nous sommes ensemble, je fais comme si de rien n'était, mais quelque chose entre nous a changé.

*

Depuis plusieurs semaines, j'ai pris l'habitude de travailler à la bibliothèque après les cours. La présence des autres étudiants, leurs chuchotements et le bruit des pages qu'on tourne me rassurent et me font oublier l'absence de mon amoureux ; j'étudie sans relâche pour atténuer le manque et les incertitudes qui m'assaillent.

Il est vingt et une heures trente quand je quitte les lieux. Comme chaque fois que je suis seule dans la nuit, j'appréhende. Les bruits sont décuplés, les ombres inquiétantes. J'ai l'impression d'être suivie. À quelques centaines de mètres de la bibliothèque, il me semble discerner mon prénom. Je feins de ne rien entendre et augmente la vitesse de mon pas.

— Francine, n'ayez crainte ! C'est Michel. Michel Rolland !

Soulagée, je m'arrête. Mon prof de droit, essoufflé, me rejoint. Visiblement, il a couru pour me rattraper.

— Que faites-vous là ? demandé-je, sur la réserve.

— Je vous ai vue quitter la bibliothèque. J'y étais aussi.

— N'avez-vous donc aucune famille à retrouver après vos journées de cours ?

— C'est ce que vous croyez ? Que j'ai une femme et des enfants ?

— Je ne sais pas, dis-je en reprenant ma marche, sentant le trouble m'envahir.

— Puis-je vous raccompagner ? Je me sentirais plus serein de vous savoir en sécurité chez vous.

— Je ne suis pas très loin. Ce n'est pas nécessaire.

— Si, j'insiste, s'exclame-t-il en saisissant mon bras. Je m'en voudrais s'il vous arrivait quelque chose.

Il stoppe sa marche, interrompant la mienne, se tourne vers moi et plante son regard dans le mien.

— Vous ne comprenez donc pas ?

— Que devrais-je comprendre, au juste ?

Michel Rolland s'avance, m'obligeant à reculer jusqu'à ce que le mur derrière mon dos m'empêche de lui échapper. Je balaie des yeux les environs, personne ne vient dans notre direction. Je crois deviner ses intentions.

— Je ne suis pas libre et vous le savez bien.

— Eh bien, il ne tient qu'à vous de vous rendre disponible. Vous me plaisez vraiment, Francine. J'aimerais être plus que votre professeur.

Sa bouche approche dangereusement de la mienne. Mon cœur s'affole.

— S'il vous plaît, ne m'obligez pas à crier.

— Vous n'en avez nullement envie. Vous savez que vous ne courez aucun danger. Et admettez que je vous plais aussi, vous m'auriez déjà giflé si ce n'était pas le cas.

Comment ose-t-il affirmer une chose pareille ? Mais surtout, comment parvient-il à lire dans mes pensées ?

Ses yeux transpercent les miens. Nos corps sont collés. Il a raison. Je n'ai pas le courage de lutter, ni même l'envie de le repousser. N'écoutant que mon cœur battant la chamade, mon visage parcourt les derniers centimètres qui nous séparent et je l'embrasse fougueusement.

Notre baiser dure un long moment. C'est lorsque les mains de Michel se font plus entreprenantes que je prends conscience des conséquences de mes actes. Bruno, mon Dieu ! Mais que suis-je en train de faire ?

Je m'écarte de mon professeur et le sonde un instant avant de prendre la fuite. Je cours jusqu'à perdre haleine, sans me retourner.

En arrivant à la maison, je ne salue même pas ma mère que je bouscule sur mon passage, et telle une adolescente en proie à un chagrin d'amour, je monte m'enfermer dans ma chambre pour libérer mes larmes.

Un quart d'heure plus tard, Maman frappe doucement à ma porte et vient s'asseoir à mes côtés pour discuter, comme autrefois. Les pleurs ont cessé mais mes yeux rougis ne trompent pas.

— Que se passe-t-il, Francine ? Tu as ta mine des mauvais jours. Tu te sentirais peut-être mieux en me disant ce qui ne va pas ?

— Ce n'est pas important. Ne t'inquiète pas.

— Tout ce qui te fait pleurer est important. Est-ce que tu es… enceinte ?

— M'enfin, Maman ! Comment peux-tu penser une chose pareille ?

— On n'en parle jamais, Francine… J'imagine que tu es au courant, mais comment en être certaine ? La contraception est légalisée désormais. L'avortement, même. Tu le sais, n'est-ce pas ?

— Maman, je sais tout ça.

Ma mère baisse la tête. Depuis quelque temps, la communication n'est pas facile entre nous. Je le regrette amèrement mais c'est ainsi. Nos chemins s'écartent. Je suppose que c'est normal à mon âge.

— J'ai pensé que… Tu es une jeune femme et je suis passée par là, reprend-elle. On n'avait pas les mêmes chances à mon époque. Pourquoi n'épouses-tu pas Bruno ? Un accident peut si vite arriver.

— Un bébé avant le mariage… C'est donc ce qui t'inquiète ? Je te rassure, Maman. Je ne déshonorerai pas la famille. Je ne suis pas enceinte. Tu es soulagée ?

Mes mots la blessent. Son regard se teinte d'un voile de tristesse. Tout en gardant son calme, elle continue son inquisition :

— Est-ce que tout va bien avec Bruno ? Nous ne l'avons pas vu depuis plusieurs semaines.

— Maman, s'il te plaît, je suis fatiguée. Je te remercie de t'inquiéter pour moi mais je n'ai pas envie de discuter de tout ça avec toi. Pas maintenant. J'aimerais me coucher.

— Tu ne veux pas dîner ? Je suis certaine que tu n'as rien avalé depuis des heures. Tu es toute pâle. Il faut que tu manges quelque chose.

— S'il te plaît, n'insiste pas. Excuse-moi auprès de Papa. Dis-lui que j'ai eu une dure journée et que j'ai envie de dormir.

— Comme tu voudras, Francine, dit-elle en se levant. J'ignore ce que tu traverses en ce moment. Cela m'attriste que tu ne souhaites pas le partager avec moi, mais sache une chose : le bonheur se cache parfois derrière les nuages.

— Peut-être, Maman. Peut-être…

5.

Juillet 2018
La tête dans les nuages

Michel avait terminé les antipasti, y compris la salade qui servait de décoration dans l'assiette de charcuterie. Avec un morceau de pain, il essuya jusqu'à la dernière goutte d'huile d'olive dans le plat de mozzarella. Une vraie poubelle dc table, cet homme.

Michel s'était bien empâté, ces dix dernières années. Depuis qu'il était à la retraite, le cholestérol ne le lâchait plus, et malgré les recommandations du médecin, il n'en faisait qu'à sa tête. Toute notre vie, je l'avais materné et j'avais pris soin de lui. Bien plus qu'il ne l'avait jamais fait pour moi, même aux moments où j'en aurais eu vraiment besoin. Quand avait-il changé au point que mes sentiments pour lui ne fussent plus qu'une maigre peau de chagrin ?

— Tu penses à quoi, Francine ?

Ah, quand même ! De temps en temps, je l'intéressais encore. Mais pas question de lui révéler le fond de ma pensée, de lui dire que, depuis le début du repas, je me repassais en boucle les premiers moments de ce « nous deux » qui n'avait pas survécu... J'étais sur une barque à la dérive, cherchant désespérément une branche à laquelle m'accrocher. En avais-je encore la force ?

— Cela vous a plu ? demanda le serveur qui vint débarrasser la table.

— C'est moi qui ai tout mangé, répondit Michel. Mon épouse n'a pas d'appétit. Encore une de ces contrariétés de bonne femme. Vous devez sans doute connaître cela avec la vôtre ?

Je ne pus retenir un coup de pied qui atterrit dans son tibia. Je vis à ses yeux exorbités que la pointe de ma chaussure avait atteint son objectif. Il étouffa un « aïe » et son regard se durcit. Le serveur resta sourd à sa remarque désobligeante.

— Vos filles, comment vont-elles ? Et vos petits-enfants ?

Il n'en fallut pas plus pour ouvrir les vannes. Débordée par l'émotion qui me gagnait depuis le début du dîner, je ne pus retenir mes larmes. Je trouvais ce garçon tellement aimable de prendre des nouvelles des filles. J'étais tellement fière de ce qu'elles étaient devenues : des femmes indépendantes, volontaires, déterminées, proches de nous, malgré l'éloignement pour l'une et les épreuves de la vie pour l'autre.

Michel prit la parole à ma place :

— Claire, notre aînée, vit aux Pays-Bas avec son mari. Ils ont deux garçons.

J'étais certaine qu'il ne connaissait même pas leur âge.

— Quant à la seconde, Sophie, poursuivit Michel, elle est en plein divorce. C'est compliqué. Elle a un garçon et une fille. Son ex-mari s'est enfui à l'étranger pour ne pas avoir à payer la pension alimentaire.

Comment osait-il ? Mes yeux lui lançaient des éclairs. Sergio n'avait pas besoin d'en savoir autant. C'était la vie privée de nos filles qu'il déballait sans pudeur. Mais comme il ne me regardait pas...

— Heureusement qu'elle a une bonne situation, continua-t-il. Elle est dans le juridique, comme sa mère. Mais bon... Les couples d'aujourd'hui sont à des années-lumière de ceux que nous formions avant. Dès que ça ne va pas, hop, on divorce ! De notre temps, ce n'était pas comme ça. Hein, Francine ? On se battait, on recollait les morceaux. On ne divorçait pas pour un oui ou pour un non. Si vous voulez mon avis, les femmes d'aujourd'hui sont trop indépendantes. C'est notre faute, à nous, les hommes. Nous les avons trop mal habituées.

Je me retins de lui balancer mon verre de vin à la figure et le bus d'un trait pour ne pas être tentée de le faire plus tard. J'avais traité des affaires familiales durant toute ma carrière, m'arrangeant toujours pour qu'elles n'affectent pas trop notre foyer. J'étais donc bien placée pour savoir que, la plupart du temps, les couples avaient d'excellentes raisons de se séparer. La principale étant l'amour. Quand il n'est plus, à quoi bon ?

Le serveur semblait sous le choc, lui aussi. Il mit un certain temps à réagir :

— C'est plutôt une bonne chose que de pouvoir choisir. Pourquoi rester quand ça ne va pas ? Il y a beaucoup d'hommes qui ne respectent pas les femmes. Ceux-là méritent d'être punis.

— Et les femmes qui maltraitent les hommes, alors ? Vous croyez qu'il n'y en a pas ?

— Ça suffit Michel, tais-toi maintenant !

— Vous voyez comme elle me parle ? lança Michel sur le ton de l'humour.

— Oh oui, elle vous parle très très mal, commenta le serveur avec un clin d'œil complice. Vous devriez peut-être demander le divorce ?

— On est trop vieux pour ces conneries. Pas vrai, ma Francine ?

Il attendait mon approbation mais je restai muette comme une carpe. Le vin commençait à me tourner la tête. L'attitude de mon mari me donnait la nausée. À quel moment était-il devenu si con ?

6.

Janvier 1978
Passerons-nous l'hiver ?

Un fossé s'est lentement creusé entre Bruno et moi. La brasserie accapare tout son temps, mes études monopolisent le mien. Nous nous sommes vus durant les vacances de Noël et avons fait plusieurs fois l'amour, mais ce n'est plus pareil. De mon côté, bien sûr. Bruno, lui, est toujours aussi aimant, gentil, affectueux. C'est moi qui suis différente. Il ne me fait plus autant d'effet qu'à nos débuts. Nous avons moins d'échanges, moins d'intérêts communs. Si je me projetais très facilement à ses côtés il y a encore quelques mois, ce n'est plus le cas aujourd'hui. Même s'il n'a pas eu d'autre choix que de travailler avec son père, je le perçois comme une faiblesse de sa part : il ne s'est pas battu pour ses propres ambitions et m'a déçue. Mes sentiments s'étiolent. On est en train de se perdre mais je ne sais pas comment lui en faire part sans le blesser. J'ai beaucoup d'affection pour lui. C'est quelqu'un de bien. Il ne mérite pas ça.

*

Je passe mes soirées à la bibliothèque. Comme chaque soir, Michel Rolland n'est jamais loin. Nous avons inventé un langage rien qu'à nous pour communiquer à distance. Qui ne voit pas que quelque chose se trame entre nous est aveugle !

Je lui fais un clin d'œil, signe qu'il est temps de quitter les lieux. Je rassemble mes affaires, enfile mon manteau, enroule mon châle autour de mon cou et me dirige vers la sortie. Michel me rejoint sans un mot. Nos bras se frôlent : c'est notre premier contact physique depuis la veille. Il m'électrise de la tête aux pieds. L'envie de l'embrasser est si forte que je me mords l'intérieur de la joue pour m'en empêcher. Quant à lui, son regard enflammé en dit long. Combien de temps pourra-t-on encore résister ?

Michel a parfaitement compris mon fonctionnement. Il fait monter le désir en attendant que je cède, que je lui appartienne entièrement. Il prétend qu'il n'est pas pressé, que je deviendrai même sa femme un jour ! Il semble si sûr de lui, de nous… Moi, je ne sais qu'en penser. Et je n'ose en parler à personne. Patricia est trop occupée par l'arrivée de son bébé. Quant à Danielle, elle a suivi Pascal dans le sud de la France pour une durée indéterminée. Ils vivent d'amour et d'eau fraîche, sans réel domicile fixe. Chaque fois qu'on s'appelle, la communication ne dure jamais très longtemps et on ne parle que d'eux. Quant à ma mère, je ne compte plus ses multiples tentatives pour me tirer les vers du nez mais je ne lâche rien. Je garde pour moi mon petit désordre psychologique.

Mais je dois parler à Bruno. Cela devient urgent. Michel occupe désormais mes pensées jour et nuit. C'est lui que j'aime. Et d'un amour bien différent. Avec Bruno, notre amitié avait duré de nombreux mois avant de se transformer en quelque chose de bien plus fort. Nous étions étudiants dans la même fac, vivions les mêmes journées, traversions les mêmes épreuves. Il a été un merveilleux confident. Bruno s'est trouvé au bon moment, au bon endroit. Comme un ange gardien qui m'aurait suivie un temps et m'abandonne en chemin malgré lui. Avec Michel, c'est une autre histoire. Tant de choses m'attirent en lui : sa prestance, son assurance, son charisme. Il est un formidable professeur, admiré de tous ses élèves, surtout de ses étudiantes... Il y a toujours une nuée de jeunes femmes qui papillonnent autour de lui. Il est bel homme, c'est certain. Il pourrait avoir toutes les femmes qu'il veut mais c'est moi qu'il a choisie. Avec lui, je me sens plus forte. J'aime qu'il soit plus âgé que moi. Cela me rassure. Dire que je me suis moquée maintes fois de Patricia et d'André, qu'on surnommait le vieillard...

À l'extérieur, le vent cinglant me surprend. Je me mets à claquer des dents.

— Vous avez froid ? me demande Michel, attentionné.

— Un peu... Le changement de température est brutal.

— Venez vous réchauffer dans mes bras.

Il écarte les pans de son manteau et sans me poser de question, je me colle contre lui. Je me sens rougir comme chaque fois qu'il se rapproche autant. Mon cœur fait des bonds dans ma poitrine. Je m'égare un instant quand une voix lointaine crie mon prénom. J'ouvre les yeux et découvre le visage décomposé de Bruno qui se tient à quelques mètres de nous. Un bouquet de fleurs tombe à ses pieds. J'ai tout juste le temps de me cacher derrière Michel.

— Je vais vous casser la gueule ! s'exclame-t-il en se jetant sur son ancien professeur.

Ce dernier esquive un coup de poing et maîtrise Bruno sans difficulté en lui bloquant le bras derrière son dos.

— On va se calmer, d'accord ? Réglons cela en adultes ! Je vous lâche à une condition : que vous discutiez tous les deux. Francine, ma Vespa est garée de l'autre côté de la rue, en face de la boucherie. Je vous attendrai.

— Il est hors de question que Francine monte sur ta bécane, beugle Bruno.

— Je vous interdis de me tutoyer ! gronde Michel.

— Francine ? Merde, réagis, dis quelque chose !

— Bruno, je t'en prie. Ce n'est pas ce que tu crois.

— Francine, dites-lui la vérité ! m'ordonne Michel.

— Ta gueule ! hurle Bruno, hors de lui. Dégage de là !

— Francine, lance Michel en me regardant droit dans les yeux, je ne suis pas loin. Courage.

Je n'arrive pas à croire ce qui nous arrive. Bruno s'agite, parle à toute vitesse et moi, je suis tétanisée. Je vis un cauchemar. Ses questions me semblent à peine réelles.

— J'attends des explications ! Pendant que je me tue au travail, tu fricotes avec ton prof. Il baise mieux que moi, c'est ça ? Est-ce qu'il te vouvoie quand vous faites l'amour ? Réponds, bordel !

— Bruno, calme-toi, je t'en supplie ! Tu me fais peur.

— Comment veux-tu que je sois calme ? Mets-toi à ma place une seconde !

— Je te demande pardon. Je ne savais pas comment t'avouer que...

— Que quoi ? Que tu me trompes avec ce connard de Rolland ? Ça dure depuis quand ?

— Il ne s'est rien passé. Je sais que cela en a l'air mais je te jure que je ne t'ai pas trompé avec Michel.

— Michel ? Tu l'appelles par son prénom et il ne s'est rien passé. Arrête de te foutre de moi ! Je t'ai vue dans ses bras. Je n'ai pas rêvé !

— Je te le jure ! Bruno, crois-moi.

— Comment oses-tu jurer ? Je ne te reconnais pas, Francine...

— Il m'a embrassée une fois, c'est tout.

— Et un baiser, ce n'est rien, tu penses ? demande-t-il, ébahi.

— Je me sens perdue. Je ne voulais pas te faire de mal. Je suis vraiment navrée.

— Pas autant que moi, bredouille-t-il, les larmes aux yeux.

— Bruno, je crois qu'il vaut mieux qu'on arrête...

— Tu ne penses pas ce que tu dis !

— Nous deux, c'est terminé, je suis désolée, Bruno. C'est fini...

C'est le coup de grâce. Il n'en croit pas ses oreilles. Il n'arrive plus à dire un mot. Dans ses yeux, défile notre histoire.

— C'est tellement dommage, Francine, parvient-il à articuler tristement. Je t'aurais rendue heureuse, tu sais, lâche-t-il avant de se retourner.

Je le regarde s'éloigner, avachi, abattu, monter dans sa voiture garée à une centaine de mètres, puis partir définitivement. Je ramasse le bouquet qui gît sur le sol. Une petite enveloppe rouge se cache parmi les tiges. Je l'ouvre, tremblante, et y découvre un petit mot écrit de sa main délicate : « Francine, voudrais-tu devenir ma femme ? »

*

La déclaration de Bruno me fend le cœur. Ce soir, j'ai brisé la vie d'un homme pour qui j'ai une profonde estime. Il voulait m'épouser, me rendre heureuse. Nul doute qu'il s'y serait bien pris. Ai-je fait le bon choix ?

Je ne rejoins pas Michel. Je préfère rentrer à pied. J'ai besoin de réfléchir, de comprendre cette rupture. Me voilà libre d'aimer Michel, mais le début de notre histoire a un goût amer. Pourrai-je l'oublier ?

Je passe devant le centre culturel Georges-Pompidou, inauguré il y a tout juste un an. Comme des millions de gens, nous y étions allés avec Bruno, par curiosité. Les couleurs de l'exposition surprenante que nous avions visitée me reviennent en tête. Je me rappelle aussi les milliers de baisers dont Bruno me couvrait devant chaque œuvre. Il m'aime comme un fou, c'est indéniable. Sans doute d'un amour beaucoup plus fort que celui que j'éprouve pour lui.

J'arrive enfin à la maison. En ouvrant la porte d'entrée, je découvre les visages rayonnants de mes parents et de mon frère qui attendaient impatiemment mon retour.

— Félicitations ! crient-ils à l'unisson.

Je me mets à pleurer et tombe dans les bras de ma mère qui me guide vers le salon. Mon père et Christian, qui comprennent qu'il s'agira d'une discussion entre femmes, se retirent dans le bureau.

— Francine, que s'est-il passé ?

— Maman, c'est fini avec Bruno.

— Mais pourquoi ? Il voulait te faire la surprise. Il savait que tu étudiais à la bibliothèque. Il est venu ici pour demander ta main à ton père. Il se réjouissait pour vous. Moi aussi, j'étais contente pour toi. Bruno est l'homme qu'il te faut. Gentil, intelligent, respectueux. Est-ce que tu lui as dit non ? Mais pourquoi ?

— Je ne l'aime pas autant qu'il m'aime…

— Mais il a des tas de projets pour vous deux. Il a dit à ton père qu'il voulait fonder une famille avec toi après tes études, que tu es la femme de sa vie. Tu sais, les hommes capables de telles déclarations sont rares. Là, vraiment, je ne te comprends pas. Francine, veux-tu bien arrêter de pleurer et m'expliquer !

— J'aime un autre homme. C'est clair, maintenant ? dis-je soudainement énervée.

— Comment oses-tu ? Ce n'est pas comme ça que je t'ai élevée !

— L'amour n'est pas une question d'éducation.

— Je suis vraiment déçue, Francine.

— C'est mon choix, Maman. Pas le tien.

— Bien. Le sujet est clos. Monte dans ta chambre !

— Tu n'as pas à me parler comme ça ! Je ne suis plus une gamine. Je fais ce que je veux ! Fous-moi la paix !

— Comment ?! Je ne pensais pas en arriver là, Francine... lance ma mère sur un ton dédaigneux. Tu sembles savoir mieux que tout le monde ce qui est bon pour toi. Tu as raison : tu n'es plus une enfant et, visiblement, tu n'as plus besoin de nous. Trouve-toi un autre toit, je ne veux plus te voir.

Sur ce, elle file rejoindre mon père. Aucun repas ne m'attend sur la table de la cuisine. Sans doute Bruno avait-il prévu de m'emmener au restaurant pour fêter nos fiançailles. Cette soirée aurait pu être bien différente. Il suffit de bien peu de choses pour chambouler le cours d'une vie.

*

Le lendemain matin, après une courte nuit sans sommeil, je quitte ma chambre de bonne heure.

Mes parents sont déjà dans la cuisine mais ils ne m'adressent pas la parole, comme si j'étais devenue transparente. Ils m'en veulent.

Je prends le chemin de la faculté en traînant des pieds, triste et fatiguée. Je peine à réaliser que je ne serai plus jamais avec Bruno et qu'une nouvelle relation pourrait se concrétiser avec Michel.

Je marche dans le couloir de la Sorbonne lorsque quelqu'un saisit mon bras. Sans que je comprenne ce qui m'arrive, je me retrouve dans un local exigu où sont entreposés un chariot d'entretien, des balais et autres produits ménagers. Je reconnais enfin Michel dans la pénombre.

— Vous en avez mis du temps ! J'ai cru que j'allais devoir rester caché dans ce placard toute la matinée.

— Michel, vous êtes fou ! Et si j'avais pris un autre chemin ?

— Vous plaisantez ! Je vous vois passer par là tous les jours. Je vous ai à l'œil, je vous l'ai dit. Vous m'avez posé un lapin, hier soir, poursuit-il d'un air sérieux.

— Je suis désolée, j'avais besoin d'être seule.

— Je comprends. Et alors ? Est-ce que c'est terminé avec votre petit copain ?

— Oui, c'est fini, dis-je dans un soupir. Cela n'a pas été facile. Il m'aime vraiment.

— Oui, mais ce n'est pas réciproque, n'est-ce pas ?

— En effet. Il se pourrait bien que j'aime un autre homme.

— Est-ce que je le connais ?

— Ne faites pas l'idiot, Michel. Vous savez très bien de qui il s'agit.

— Ouf, quel soulagement. Non, mais… parce que je suis dingue de toi, Francine, annonce-t-il un peu hésitant, en me tutoyant pour la toute première fois.

C'est dans ce placard à balais que Michel et moi avons échangé notre « vrai » premier baiser : ni volé ni arraché, juste un baiser parfait, qui aurait pu durer des heures si nous n'avions pas été tous deux attendus dans nos salles de cours respectives.

7.

Juillet 2018
Passages nuageux

— Bon appétit ! lança le serveur en déposant nos assiettes sur la table.

Alors qu'il venait à peine de terminer nos entrées, Michel s'est jeté sur son osso buco comme s'il n'avait pas mangé depuis des heures. L'odeur de la truffe qui s'échappait de mes tagliatelles me rappela notre premier dîner en tête-à-tête, dans son appartement de la rue des Rosiers. Contrairement à ce que je pensais à l'époque, Michel était un homme sérieux. Il avait bien eu quelques conquêtes avant de me rencontrer mais il n'avait vécu avec aucune d'elles. Elles étaient de passage dans sa vie, pour quelques jours, quelques semaines, quelques mois tout au plus, mais aucune n'avait réussi à lui mettre la bague au doigt. Qu'il m'accueille chez lui alors que nous n'étions officiellement ensemble que depuis quelques heures tenait du miracle. Il avait suivi son instinct qui lui dictait que je n'étais pas qu'une passade. Il avait mis entre parenthèses sa vie amoureuse dès qu'il avait croisé mon chemin. Rien que pour cela, j'avais été conquise.

— Je ne sais pas à quoi tu penses mais décidément tu es ailleurs ce soir, remarqua-t-il en léchant bruyamment son doigt couvert de sauce tomate.

— Je repensais à notre premier dîner...

— Comment peux-tu te souvenir d'une chose pareille ? C'était il y a plus de quarante ans !

— Tu te souviens au moins du placard à balais ?

— Tu me rappelles cette anecdote chaque année. C'était en janvier 1978. Le 23 ? Le 24 ? Je ne sais plus. Tu venais juste de quitter l'autre tocard.

— *L'autre tocard* s'appelait Bruno. Et il n'avait rien d'un tocard, d'ailleurs. Ne me fais pas regretter de l'avoir quitté pour toi. Pas ce soir, s'il te plaît.

Comme pour vérifier que cette scène avait bien existé, je me mis à lui raconter ce moment qui symbolisait le début de notre histoire. Pour moi, tout avait commencé dans ce placard à balais de la Sorbonne. Le soir même, nous avions quitté la faculté ensemble. Certains élèves nous avaient aperçus monter sur sa Vespa rouge qu'il garait devant l'école à la vue de tous. Cela m'avait semblé déplacé mais Michel s'en fichait. Pourtant, les bruits de couloirs avaient vite couru et Michel avait même été rappelé à l'ordre par sa hiérarchie. Mais il était un trop bon professeur pour que la faculté se passe de lui. C'était quelqu'un d'influent.

Je me souvins de ce premier trajet que je fis derrière lui. Je portais son casque un peu grand pour moi. Il faisait froid, et pourtant je ressentais une délicate chaleur envahir mon corps. J'étais libre de l'aimer. Enfin.

J'étais moi-même impatiente de me retrouver seule avec lui, à l'abri des regards, même si tout cela me semblait un peu précipité. Je venais à peine de rompre avec Bruno… Ce soir-là, il ne fut pas question de bibliothèque. J'avais expliqué à Michel que ma mère souhaitait que je me trouve un autre toit. Très naturellement, il me proposa de vivre chez lui. Il habitait un deux-pièces dans le quartier du Marais. Avant de nous y retrouver pour la première fois, il me conduisit chez moi pour récupérer quelques affaires personnelles. Mes parents n'étaient pas là, cc qui mc facilita grandement les choses. Seul Christian était présent. Il me sermonna pour le principe. Ma mère avait dû le lui demander.

Notre relation avait démarré ainsi, sur les chapeaux de roues. Une fois dans son appartement, nous avions fait l'amour pendant des heures, incapables de nous séparer. Tomber enceinte était le cadet de mes soucis et pourtant, pour avoir commencé des études de médecine, je savais qu'il y avait certaines précautions à prendre. Mais, ce soir-là, je m'en fichais pas mal, j'avais trop envie de jouer avec le feu. La flamme était trop forte, impossible à éteindre. Nous étions possédés d'une passion dévorante qui nous fit perdre tous nos repères. Ce n'est qu'à trois heures du matin que nous avions quitté son lit, fourbus et affamés. Michel prépara des *tagliatelles* sur lesquelles il mit un filet d'huile d'olive à la truffe. Je découvrais cette saveur pour la première fois. Les pâtes étaient délicieuses. Voilà pourquoi ce mets était si spécial à mes yeux. Bien sûr, pour Michel, tout cela était tombé aux oubliettes depuis bien longtemps. Il semblait découvrir ce que j'étais en train de lui raconter.

— C'est bien ce que je disais. Comment peux-tu te rappeler tous ces détails, tu tiens un journal ?

— Pas du tout. Ce sont des moments importants de notre vie. Ils m'ont marquée.

— Moi, j'ai surtout en tête que tu étais insatiable sexuellement. C'est loin d'être le cas, aujourd'hui. Depuis quand on n'a rien fait tous les deux ? Un mois ? Deux ?

— Oh ! Michel, je te parle de souvenirs indélébiles et toi, tu me parles de sexe. J'en ai assez !

— De toute façon, je sais que tu ne m'aimes plus.

— C'est ta tirade préférée pour me faire culpabiliser.

— Tout se passe bien ? intervint Sergio. Ça vous plaît ?

— C'est parfait, comme toujours ! Il faudra que vous me donniez la recette de votre osso buco. Mon mari se régale, il s'en lèche les doigts. Regardez-le, un vrai bébé ! Tu veux un bavoir, chéri ? demandai-je ironiquement en désignant son menton sur lequel dégoulinait un peu de sauce tomate.

— Mon épouse est d'humeur taquine, ce soir, dit-il en me fixant d'un œil mauvais. Mais elle a raison sur un point, ce plat est exquis.

— Je transmets vos compliments au chef. Si vous avez besoin d'autre chose, n'hésitez pas.

Sergio tourna les talons. J'étais de nouveau seule avec mon mari. Tout en se pourléchant les lèvres, il me lança :

— Alors comme ça, l'année prochaine on fêtera nos quarante ans de mariage ? Je n'arrive plus à suivre, j'ai perdu le compte.

Il n'y a pas que le compte que tu as perdu, mon pauvre Michel…

8.

Mars 1979
Alternance de nuages et d'éclaircies

Voilà déjà plus d'un an que Michel et moi avons emménagé ensemble. Tout s'est fait très naturellement. Nous avons trouvé nos marques rapidement, comme si nous avions toujours vécu tous les deux. Nous ne nous disputons jamais. Nos seuls différends concernent certains sujets d'actualité, et je reconnais le titiller davantage par provocation que par conviction. Disons que je peaufine mon sens de la repartie et que j'apprécie surtout nos réconciliations sur l'oreiller.

Je n'ai plus de nouvelles de mes parents depuis que ma mère m'a sommée de quitter la maison. Pas de nouvelles non plus de Bruno. J'aimerais savoir comment il va, mais, des mois après, je ne peux décemment me présenter chez lui pour lui demander s'il a remonté la pente et réussi à m'oublier. Je culpabilise encore beaucoup. Il m'arrive de penser à lui, à nous. Est-ce qu'il a une nouvelle fiancée ? Est-ce qu'il est heureux ? Je le lui souhaite sincèrement. On n'oublie jamais son premier amour.

Le bébé de Patricia est né quelques mois après notre rupture. C'est une délicieuse petite fille prénommée Gaëlle. Je suis sa marraine. Bruno aurait dû être le parrain mais vu les circonstances, Patricia a finalement choisi le meilleur ami d'André, son mari.

L'été dernier, je ne suis pas descendue chez Mémé Jo pour les grandes vacances. Mes grands-parents savent qu'il y a de l'eau dans le gaz avec mes parents. Je les appelle aussi souvent que possible mais nos conversations sont plutôt brèves. Le téléphone coûte cher. Malgré tout ce qui s'est passé, ma grand-mère est fière de moi. Contrairement à sa fille, elle a cette faculté de se réjouir du bonheur des autres.

Il m'arrive de croiser mon frère dans les couloirs de la faculté. Il a choisi le droit, lui aussi ; il est en première année. Quant à mon père, il me manque. Plus que ma mère. Même si je n'en parle pas, cette situation m'attriste beaucoup, mais j'estime que c'est à eux de revenir vers moi. Ma mère est têtue et mon père n'aime pas la contrarier. À ce rythme, on peut rester fâchés longtemps.

Heureusement, je suis choyée par les parents de Michel qui m'ont accueillie comme leur fille. Jean, son père, est directeur financier dans le secteur automobile, et Françoise, sa mère, assistante comptable pour une entreprise pharmaceutique. Michel a un frère de mon âge, Christophe (comme le chanteur), et une petite sœur de dix-sept ans avec laquelle je m'entends très bien, Élisabeth, que tout le monde appelle Lise.

*

Peu après Noël, nous avons recueilli un chaton. Michel a choisi de l'appeler Giscard, comme le président. Selon lui, tous deux ont pour points communs de dormir beaucoup et de manquer d'ardeur. En réalité, notre Giscard n'est pas si flegmatique. Depuis qu'il a trouvé ses marques à la maison, il se révèle beaucoup plus agile et coquin qu'il n'en avait l'air.

Tiens, le voilà d'ailleurs qui me chatouille dans le cou. Il a dû remarquer que je n'étais pas en forme. C'est vrai que je ne me sens même pas la force de me lever pour aller en cours. Je n'ai pas mis les pieds à la fac depuis trois jours. Michel a insisté pour qu'un médecin vienne à la maison. Il n'a rien vu de particulier mais il se pourrait bien que j'aie attrapé l'un des virus qui circulent en ce moment. Pour s'en assurer, il m'a prescrit une prise de sang. Je serai fixée dans quarante-huit heures.

*

Derrière son comptoir, l'infirmière du laboratoire inspecte le compte rendu avant de le glisser dans l'enveloppe qu'elle me tend avec un petit sourire discret. Je sors de là rassurée. S'il y avait eu quelque chose de grave, elle n'aurait pas souri. J'ouvre l'enveloppe, inspecte les résultats. A priori, rien d'anormal. Mais en lisant le compte rendu du médecin, surprise ! Je suis enceinte. Comment est-ce possible ? Je surveille mon cycle, je n'ai eu aucun retard... Comment vais-je annoncer la nouvelle à Michel ?

Sur le trajet, je me pose mille questions. Entre euphorie et panique, mon cœur hésite. Enceinte, mon Dieu, je suis enceinte. Moi, future maman ? Mais c'est bien trop tôt ! Comment ferons-nous ? Qui s'occupera du bébé ? Une si petite chose grandit déjà dans mon ventre, mince... Je vais donner la vie. C'est fabuleux... autant que flippant. Ça y est, je deviens dingue ! Une folie passagère m'envahit.

Lorsque Michel rentre de sa journée de travail, il me trouve étendue sur le canapé, Giscard lové sur mes genoux. Ce chat a le don de m'apaiser.

— Bonsoir, ma chérie. Est-ce que tu vas mieux, aujourd'hui ? Tu as eu tes résultats ?

Pour toute réponse, j'éclate en sanglots. Michel s'assied près de moi. Giscard ne bouge pas d'un poil.

— Est-ce que c'est grave ? Ne t'inquiète pas, je suis là. On va surmonter ça, tous les deux. Dis-moi ce que tu as.

— Michel, je ne suis pas malade...

— Mais alors, pourquoi tu pleures comme une madeleine ?

— Je suis... enceinte.

— Quoi ? Enceinte ?

Le bouton pause est enclenché. Seuls les ronronnements du chaton résonnent dans la pièce. Michel ne décolle pas ses yeux des miens d'où les larmes ne cessent de couler. Je n'arrive pas à interpréter sa réaction. Il reste immobile et ne dit pas un mot.

Après un silence sans fin, c'est moi qui prends enfin la parole :

— Qu'est-ce qu'on va faire, Michel ?

— Alors, je vais être papa ? demande-t-il en essuyant mes joues.

— Il semblerait que oui, dis-je dans un éclat de rire nerveux. Je sais que ce n'était pas prévu. On n'en a jamais discuté. Je n'ai pas fini mes études. J'ai peur, Michel.

— Ce n'est pas parce que je n'en parle pas que je n'ai pas envie d'être père. Je ne pensais pas chambouler notre quotidien si vite, mais puisqu'il s'est pointé sans qu'on l'invite, on va l'accueillir comme il se doit, ce bébé, dit-il en posant délicatement sa main sur mon ventre.

Mes pleurs redoublent. Patricia avait plusieurs fois fait allusion à ses sautes d'humeur lorsqu'elle attendait Gaëlle. Je comprends mieux ce qu'elle voulait dire. Un véritable ascenseur émotionnel : en un instant, je passe du rire aux larmes. Une folle.

— Je t'aime, Francine. Tu seras une super maman, je n'en doute pas une seule seconde, ajoute-t-il en se levant.

Au lieu de m'embrasser, il m'abandonne sur le canapé. Je me sens légèrement vexée. J'espérais plus, j'espérais mieux. Il se dirige vers le portemanteau puis revient, une main cachée dans son dos. De l'autre, il déloge Giscard et se met à genoux devant moi.

— Je m'entraîne depuis des semaines… Je ne suis pas un grand romantique, tu le sais. Ce n'est sans doute pas la déclaration que tu avais imaginée, mais puisqu'on va devenir parents, que dirais-tu de nous marier ? propose-t-il en ouvrant un petit écrin rouge dans lequel brille un magnifique solitaire.

— Oh, Michel…

— Francine, veux-tu devenir ma femme ?

— Mais bien sûr que je le veux ! répondis-je en pleurant de joie, cette fois.

Sans attendre, Michel glisse la bague à mon annulaire. Pile à la bonne taille. Il me renverse sur le canapé, m'embrasse tout en déboutonnant mon chemisier avant de s'arrêter brusquement.

— Merde, tu crois qu'on va déranger le bébé ?

— Ne sois pas idiot, Michel. Hier encore, on ne savait pas que j'étais enceinte.

— C'est vrai, affirme-t-il en m'embrassant passionnément, près de l'imperturbable Giscard qui procède à sa toilette sur le tapis.

*

Le gynéco a confirmé ma grossesse. C'est tellement étrange. Je vais avoir un bébé. J'ai même pu entendre les battements de son cœur. Si je m'attendais à ça !

Je travaille tard, comme chaque soir, en m'empiffrant de pop-corn pendant que Michel prépare ses cours pour le lendemain. En fond sonore, le journal télévisé.

— Je suis sûr que ce sera un garçon, lance Michel.

— Est-ce que tu dis ça parce que tu préférerais avoir un petit garçon ? Ou bien parce que tu as un sixième sens dont tu m'as caché l'existence ?

— Sans doute un peu des deux, dit-il en éclatant de rire.

— Tu aimerais connaître le sexe ?

— Franchement, ça m'est égal. Tout ce qui compte c'est qu'il aille bien. Dis ! Avec le bébé et le mariage, tu ne crois pas que ce serait l'occasion de renouer avec tes vieux ?

Michel me prend au dépourvu. Nous n'avons encore annoncé la nouvelle à personne. Par crainte ou superstition, je l'ignore. Pour l'instant, je ne matérialise pas sa présence. Je porte les mêmes vêtements, et hormis ma poitrine qui a déjà doublé de volume, quelques nausées matinales et une fatigue persistante, rien n'a changé.

— Je ne suis pas certaine que cela leur plaira.

— On ne perd rien à essayer.

*

J'ai finalement décidé de suivre le conseil de Michel : nous allons, à l'improviste, rendre visite à mes parents. Je sais par mon frère qu'ils sont tous les deux à la maison ce soir. Dans le métro, nous n'échangeons pas un mot. Nous n'avons établi aucune stratégie, préparé aucun argumentaire, aucune plaidoirie ; on y va, remplis d'espoir autant que d'appréhension. Je sais que ma mère n'apprécie pas Michel. Pour elle, il n'est qu'un enseignant de pacotille, un avocat raté, dont la seule ambition est de séduire les jeunes étudiantes et d'abuser d'elles avant de les jeter comme de vieux mouchoirs en papier. C'est Christian qui me l'a soufflé il y a quelques mois. Mais la bave du crapaud n'atteint pas la blanche colombe. Michel me rend heureuse. Alors, ces mots, aussi méchants soient-ils, me passent bien au-dessus.

À l'approche de la maison, je sens comme un vertige. Je m'accroche au bras de Michel qui m'embrasse doucement en murmurant que tout ira bien. Je n'ai pas mis les pieds chez moi depuis plusieurs mois.

Sur le seuil de la porte d'entrée, en guise d'encouragement, Michel me serre dans ses bras. Je prends une grande inspiration et toque trois petits coups. De l'autre côté, c'est l'agitation. J'entends ma mère hurler :

— Chrisssss, tu attends de la visite ?

— Ouvre, tu verras bien, répond ce dernier.

Ses pas rapides résonnent aussi fort que les battements de mon cœur cognent dans ma poitrine. Michel resserre son étreinte. Il est aussi stressé que moi mais s'efforce de le cacher. Enfin, la porte s'ouvre. Le visage de ma mère se décompose. Figée, la bouche entrouverte, elle ne prononce pas un mot. Derrière elle, mon frère, tout sourire, lève les doigts en signe de victoire. La situation semble le réjouir. Personnellement, j'ai envie de le baffer.

— Qui est-ce ? demande mon père resté au salon.

— Tu devrais venir voir ! marmonne ma mère.

— Qu'est-ce que c'est que ce bazar ? bougonne mon père qui n'avait visiblement pas l'intention de quitter son fauteuil. Francine ? s'exclame-t-il en me voyant.

— Bonsoir, Papa.

— Ne restez pas plantés là ! Vous allez prendre racine. M'enfin, Violette, qu'attendais-tu pour les inviter à entrer ?

Ma mère ne bronche pas. Elle ronge son frein. Si ça continue, ses dents vont exploser.

— Francine, ne fais pas la timide ! Tu n'embrasses pas ton vieux père ? demande-t-il, sincèrement heureux de me voir.

— Si, si... je réponds en me blottissant dans ses bras.

Son odeur m'avait tant manqué. Des fragrances de musc emplissent mes narines. Il semble fatigué et vieilli. Les larmes menacent de couler mais par fierté vis-à-vis de ma mère, je les contiens.

— Vous devez être Michel. Je vous en prie, entrez donc ! dit-il en tendant sa main vers lui.

— Bonsoir, monsieur.

— Oh non, pas de monsieur entre nous. Je l'entends à longueur de journée ce *monsieur*, je n'en peux plus. Mon prénom, c'est Philippe. Je vous invite à l'utiliser aussi souvent que vous le souhaiterez.

— Dans ce cas, j'essaierai.

— Pourquoi n'avez-vous pas prévenu de votre visite ? Nous aurions pu dîner tous ensemble.

Ma mère fulmine. Néanmoins, elle s'approche de moi pour me faire la bise, froide et sans saveur.

À contrecœur, elle tend une main ferme vers Michel qui n'en mène pas large.

— Appelez-moi Madame, lance-t-elle, peu aimable.

— Violette, arrête de faire ta bourgeoise ! Tu vas effrayer ce jeune homme. Vous nous appellerez Philippe et Violette, un point c'est tout.

— Salut Frangine, lance Christian en me donnant une tape sur l'épaule. Monsieur Rolland, c'est trop bizarre de recevoir un prof chez nous.

— Il va falloir t'habituer, mon petit gars, lui répond Michel qui reprend confiance.

Nous nous dirigeons vers le salon. Mon père baisse le volume de la télévision sur laquelle est diffusée une émission de divertissement. Michel Drucker est son présentateur préféré. Nous prenons place autour de la table basse.

— Alors, que nous vaut le plaisir de cette visite inopinée ?

Je sens une once de reproche dans le ton de mon père. Je baisse les yeux. Il n'a pas tort. Si ma mère a désapprouvé explicitement ma rupture avec Bruno, mon père n'a jamais eu l'opportunité de m'exposer son point de vue. J'ai considéré qu'il avait pris le parti de sa femme et son silence m'a confortée dans l'idée que lui aussi était fâché contre moi. Et comme depuis on ne s'est plus parlé…

— Nous n'avons jamais eu l'occasion d'être présentés, commence Michel. Francine n'en a rien dit mais je sais que cette distance entre vous la peine.

J'acquiesce d'un mouvement de tête ; l'émotion est trop forte.

— Parfois les mots dépassent les pensées, commente mon père.

— Et parfois, il faut savoir faire le premier pas, ajoute Michel. Voilà pourquoi nous sommes ici.

— Bien ! lance mon père. Vous avez raison. Cela a assez duré. Comment se passent les études, Francine ? s'enquiert mon père pour changer de sujet.

— Ça va. Je préfère le droit à la médecine.

— C'est grâce à son professeur, déclare mon frère, taquin.

Ma mère lève les yeux au ciel, secouant la tête avec une moue désapprobatrice.

— Toujours aussi drôle, Christian ! dis-je. Si tout va bien, j'obtiendrai ma licence en juin. À la rentrée prochaine, je suivrai la formation de l'Institut d'études judiciaires pour préparer le CAPA : le certificat d'aptitude à la profession d'avocat. Après la maîtrise, je chercherai un stage dans un cabinet d'avocats, et si tout se passe comme prévu, dans quatre ans, je pourrai exercer.

— Ces études sont interminables. Je suis épuisée rien qu'à t'entendre, lance ma mère en se levant.

Nous entendons les verres tinter dans la cuisine. Elle réapparaît avec une bouteille de champagne et cinq flûtes sur un plateau. Malgré sa bonne intention, son visage reste tendu. Difficile pour elle d'enterrer la hache de guerre. Ce n'est pas dans son tempérament.

— Du champagne ? Carrément ! s'exclame Christian.

Il ne voudrait pas aller se coucher, celui-là ? Ses petits commentaires intempestifs commencent à me taper sur les nerfs.

Mon père ouvre la bouteille et commence à servir les coupes. Je jette un regard inquiet en direction de Michel. Je vais devoir refuser la mienne et avouer à mes parents que nous attendons un heureux évènement. Mais n'est-ce pas pour cela que nous sommes venus ?

— Que pourrions-nous fêter ce soir ? Nos retrouvailles ? demande mon père en distribuant les flûtes.

— Absolument, monsieur.

— Philippe, vous ai-je dit !

— Pardon, Philippe... Il faudra que je m'y fasse.

Nous levons nos verres pour un toast collectif. Chacun boit quelques gorgées, sauf moi. J'hésite un instant à vider ma coupe dans le pot de fleurs mais je me sens observée de toute part. Je fais mine de tremper mes lèvres dans le breuvage quand son acidité me provoque un haut-le-cœur que je peine à camoufler.

— Francine est enceinte et nous allons nous marier, lâche Michel de but en blanc.

Ma mère avale de travers, manque de s'étouffer et se met à tousser. Mon frère m'arrache le verre des mains et le boit d'un trait. Quant à mon père, ses yeux se mettent subitement à pétiller.

— Rassurez-vous, ajoute Michel, j'avais prévu d'épouser votre fille bien avant l'annonce de sa grossesse. Disons que cela a juste accéléré les choses. Le mariage aura lieu en juillet en comité restreint : la famille proche et quelques amis, tout au plus. C'est pour cela qu'on aimerait repartir sur des bases plus saines mais aussi plus sereines pour tout le monde. C'est important que vous soyez présents. Francine a besoin de vous à ses côtés.

— Je sais que ces nouvelles sont déroutantes. J'ai été la première surprise. Tu as l'air déçue, Maman, et j'ignore comment tu avais imaginé ma vie mais je te promets que je suis heureuse. Et si je le suis, tu devrais l'être pour moi. Pour nous.

Je plante mon regard dans le sien. Sa bouche, comme scellée, est saisie de soubresauts nerveux. Nous sommes tous suspendus à ses lèvres quand enfin, elles se mettent à se mouvoir, aussi lentement qu'une scène au ralenti.

— Christian, va donc chercher un jus de fruits à ta sœur.

Mon frère s'exécute en silence. En temps normal, il aurait sans doute contesté. Mais, quand Maman est contrariée, mieux vaut obtempérer. Et là, personne n'ose intervenir.

— Vous allez être grands-parents, dis-je pour adoucir l'annonce.

Mon père estompe une larme qui s'invite dans le coin de son œil.

— C'est formidable, déclare-t-il enfin. Inattendu, certes, mais formidable.

Il se lève pour me serrer dans ses bras, puis empoigne la main de Michel pour le féliciter.

Ma mère aussi se lève, mais elle s'éloigne et disparaît dans la maison. Une déception immense se lit sur mon visage.

— Ne t'inquiète pas, ma grande ! Je suis certain que ta mère est contente, même si elle n'en a pas l'air.

— C'est le moins qu'on puisse dire, renchérit Michel.

— Alors comme ça, je vais être tonton. J'exige qu'il ou elle m'appelle Oncle Christian. C'est classe ! Vous ne trouvez pas ?

— Tonton Cri-Cri, ça sonne mieux, je trouve, dis-je.

— Je lui ferai faire plein de conneries.

— Pas trop quand même, s'inquiète Michel.

Ma mère réapparaît dans le salon, les yeux rouges, signe qu'elle s'est laissée aller en privé. Elle me tend un paquet.

— C'est pour moi ?

— Pour qui d'autre ? France Gall, peut-être ? réplique-t-elle. Allez, ouvre !

Je défais l'emballage cadeau et découvre mon prénom délicatement inscrit sur le couvercle d'une boîte. L'émotion me gagne. Fichues hormones. En dépliant un minuscule pyjama, écru, brodé de petites étoiles dorées, je fonds en larmes. Il y a aussi une paire de chaussons et des moufles tricotées à la main.

Ma mère baisse les armes. Ses épaules s'affaissent. Ses traits changent subtilement, ils deviennent plus lisses, plus doux.

— Ce pyjama t'appartenait, précise-t-elle. Tu l'as porté si peu de fois lorsque tu étais nourrisson qu'il est comme neuf.

— Et tu l'as gardé tout ce temps ?

— Je savais bien que ce jour arriverait. J'ai conservé toutes vos affaires, à ton frère et toi. Tu n'auras qu'à prendre ce qui te plaît pour le bébé. Mais celui-ci est mon préféré. Quant au reste, c'est moi qui les ai tricotés. Je m'entraîne depuis un certain temps pour cette occasion...

— Oh, Maman ! Merci, je suis vraiment touchée.

— Je vous l'avais dit qu'elle était contente, lance mon père. Il faut toujours qu'elle fasse son intéressante, pas vrai, Mémé ?

— Mémé ? Oh non, surtout pas, j'ai l'impression d'être ma mère. Mamie, passe encore, mais pitié, tout sauf Mémé !

Des éclats de rire retentissent dans le salon. Cette fois, la hache de guerre semble enterrée. Rêve ou réalité ?

9.

Juillet 2018
Turbulences

Nos assiettes étaient vides, tout comme le regard dc Michel qui avait renoué avec l'écran de son smartphone. Le mien se mit à vibrer. C'était ma belle-sœur :

> Coucou, alors vous passez
> une bonne soirée, les amoureux ?

Les amoureux ? La bonne blague. Lise m'offrait une formidable opportunité de vider mon sac, mais allais-je oser ? La cocotte-minute était prête à exploser et j'étais épuisée de mentir. À moi-même, surtout. La sœur de Michel avait déjà perçu mon trouble et m'avait souvent aidée, dans le courant de ma vie, par sa seule présence. Mais jamais je ne m'étais épanchée sur mon sort. Je répondis un petit Bof.

> Mon frère fait encore
> des siennes ?

Il préfère jouer
sur son téléphone.

Quel con ! Mais il t'aime.
N'en doute pas.

Ce n'est pas de ses sentiments
dont je doute, mais des miens.

Appelle-moi demain, on en discutera.
Je dois te laisser. Je t'embrasse.

Elle coupa court à la conversation. Peut-être n'était-elle pas seule.

J'enviais parfois la liberté de ma belle-sœur. Pendant longtemps, Lise avait été mariée à Éric. Ils s'étaient rencontrés sur les bancs de la fac. Leur couple était exemplaire mais, à l'approche de la quarantaine, Éric avait pété les plombs. Cela avait duré un moment. Il la trompait sans arrêt. Puis, un jour, il avait claqué définitivement la porte de leur douillet foyer pour en fonder d'autres, tous éphémères. Anéantie par ses infidélités à répétition puis par son divorce inévitable, Lise avait consacré le peu d'énergie qu'il lui restait à leur fille unique, Virginie, en pleine crise d'adolescence lors de la séparation.

Puis le temps avait repris son cours et apaisé les choses. Alors que nous la pensions en rupture définitive avec la gent masculine, nous avions vu une nouvelle Lise renaître, sortant comme une ado, collectionnant les conquêtes – souvent des hommes plus jeunes qu'elle. Elle croquait la vie à pleines dents, profitait, se disait heureuse, et même si tout le monde dans la famille n'approuvait pas ses agissements, personne ne la jugeait. Elle avait assez souffert et méritait bien une trêve.

À cinquante-sept ans, elle en paraissait beaucoup moins. Tant physiquement que psychologiquement. Jamais elle n'avait été si épanouie. Quand elle se promenait avec sa Virginie, elles avaient l'air de deux midinettes... à se demander laquelle était la mère tant Lise semblait jeune. « Quincado et fière de l'être ! » lançait-elle pour se justifier.

J'étais très proche de ma belle-sœur depuis toujours. Avec l'éloignement de Patricia et Danielle, Lise était vite devenue ma plus fidèle amie. Un coup de cœur amical. J'avais même voulu la présenter à mon frère, mais ce dernier n'avait pas l'intention de se caser de sitôt, d'autant que Lise n'était pas encore majeure à l'époque. Christian préférait les étudiantes de la faculté, plus âgées, qui lui garantissaient des expériences en adéquation avec ses attentes. Il avait d'ailleurs eu de nombreuses petites amies avant d'épouser Laura, en janvier 1990.

Néanmoins, j'avais trouvé une autre façon de les unir : je choisis Lise pour être la marraine de Claire, notre fille aînée, et fis de Christian son parrain, les réunissant ainsi pour les petites et les grandes occasions.

— Ton message, c'était qui ? me demanda Michel sans lever les yeux de son mobile, interrompant ma rêverie.

— Pardon ? C'est à moi que tu parles ?

— À qui d'autre ? Que tu peux être bête, parfois !

— La moindre des politesses serait de me regarder quand tu t'adresses à moi.

Michel leva furtivement la tête, à peine surpris par ma réplique cinglante.

— Et donc, qui t'envoie des messages à cette heure-ci ? répéta-t-il.

— À ton avis ?

— Ton amant, peut-être ?

— J'aurais tellement aimé...

— Pffff ! soupira-t-il.

— C'était ta sœur. Elle voulait savoir comment se passait notre soirée.

— Tu lui as répondu « Super ! » ? lança-t-il d'un ton plein d'ironie.

— Pas exactement. Mes échanges avec ta sœur ne te concernent pas.

— Je ne sais pas ce que tu as ce soir, mais on ne peut pas dire que tu sois de bonne compagnie. Ta ménopause, encore...

— Retourne à ton jeu et fiche-moi la paix.

Il obtempéra avec entrain, comme si son téléphone était plus important que moi. Les pâtes commençaient à peser sur mon estomac et j'avais besoin de m'aérer la tête.

Alors que je me levais pour me rendre aux toilettes, Sergio passa devant notre table, les bras chargés.

— Je reviens vous débarrasser dans deux petites minutes.

— Nous ne sommes pas pressés, répliqua Michel. Hé, Francine, où tu vas ?

Je me penchai vers lui pour lui murmurer à l'oreille :

— Aux toilettes pour dames. Mon amant m'attend. Pas sûr que je revienne… dis-je avec un petit sourire narquois.

— De mieux en mieux ! bougonna mon mari.

Je m'éloignai d'un pas incertain. Était-ce le vin ou le trop-plein d'émotions ? Je ressentais une immense fatigue, une grande lassitude, et le besoin de me sauver pour de vrai.

10.

Septembre 1981
Les temps sont gris

Nous sommes tous réunis chez Jean et Françoise, mes beaux-parents, pour fêter les deux ans de Claire. Notre appartement parisien est trop étroit pour les réunions de famille. Nous aimerions nous agrandir mais cela nous obligerait à partir en banlieue à cause des loyers parisiens, et tout deviendrait trop compliqué. Alors, on se serre, on se tient chaud, et les mois passent.

Cela fait déjà un an que j'ai démarré mon stage chez Deloite & Co. J'adore ce métier mais il est épuisant. Je travaille comme une dingue pour être opérationnelle le plus rapidement possible et gagner la confiance des patrons. Si je parvenais à être embauchée à l'issue du stage, ce serait fabuleux. En attendant, je ne cesse de courir pour être présente sur tous les fronts. Heureusement que les horaires de Michel à la fac lui laissent le temps de déposer et récupérer la petite chez la nourrice.

Claire est l'enfant idéale, d'une douceur exquise, facile à gérer. Elle est pleine de vie et s'intéresse à tout. Et heureusement pour nous, elle dort très bien. Elle est arrivée dans notre vie un matin de septembre, avec deux semaines d'avance. Et si discrètement que la sage-femme a dû la stimuler pour qu'elle pousse son premier cri. Enfin, si l'on peut appeler cela un cri : c'était un petit son de rien du tout, à peine un râle. J'étais tellement heureuse, ce jour-là. Michel, lui, avait l'air déçu, même s'il essayait de me le cacher. Contrairement à ce qu'il dit, je sais qu'il aurait aimé avoir un garçon.

Comme la plupart des gens qui sont réunis aujourd'hui pour l'anniversaire de notre fille, Jean et Françoise ont rencontré mes parents le jour de notre mariage, le 7 juillet 1979. Après nous être dit oui devant monsieur le maire, nous avions filé sur les bords de Marne dans une charmante guinguette pour festoyer jusqu'au petit matin. Ma mère aurait aimé que nous officialisions notre union devant Dieu. Elle voulait faire bonne figure devant Mémé Jo et Papi René venus à Paris spécialement pour l'occasion. Mais mes grands-parents ne nous en ont pas tenu rigueur. Les anciennes générations sont parfois plus modernes que les nouvelles. C'est ce que je reproche à ma mère. Elle qui était si rebelle dans sa jeunesse affiche un esprit de plus en plus étriqué. Elle a mis du temps à me pardonner ma rupture avec Bruno. Il faut croire qu'il lui plaisait plus qu'à moi. Heureusement, avec la naissance de Claire, nos relations ont pris un nouveau tournant. Les nuages ont fini par se dissiper pour laisser place au bonheur.

Depuis deux ans que nous sommes mariés je n'ai pas vu le temps passer. Entre Claire et mon métier, je ne m'ennuie pas. Il faut dire que tout s'est enchaîné très vite : j'avais à peine accouché que je commençais mon stage. Hors de question de fausser compagnie à mon futur employeur ou de compromettre ma carrière. Et j'ai tenu. Par quel miracle, je l'ignore, mais j'y suis arrivée.

Michel sert le champagne tandis que Lise dispose les bougies sur le gâteau. Christian la taquine, comme à son habitude, la faisant rougir. Je reste persuadée qu'une idylle aurait pu naître entre eux. Mais mon frère préfère sauter sur tout ce qui bouge. Michel m'en parle régulièrement. À la fac, Christian passe plus de temps à draguer qu'à étudier. Quel crétin ! Il ne sait pas ce qu'il perd. Lise est une perle. La petite sœur qui manquait dans ma vie.

— Allez, souffle tes bougies, ma chérie !

Claire envoie valser sa salive sur le gâteau que Lise et Françoise ont pris grand soin de décorer. Tout le monde explose de rire sauf mon père. Il est tétanisé, a le teint gris et les ongles enfoncés dans sa poitrine. C'est Maman qui s'en aperçoit :

— Oh, mon Dieu ! Philippe ! Philippe ! Appelez les secours ! Vite !

*

Mais les secours n'y pourront rien, on s'en rend compte immédiatement. Ma mère se jette sur lui, tambourine son cœur pour qu'il reparte. En vain. La mort s'invite dans nos vies, emportant l'homme le plus cher à mes yeux. Mon père disparaît le jour de l'anniversaire de notre fille.

Lise conduit gentiment Claire dans sa chambre. Elle ne comprend pas ce qui se passe autour d'elle et se met à chouiner. Avec un peu de chance, elle s'endormira. Pour elle, ce jour ne sera qu'un vague souvenir, peut-être même qu'elle ne s'en souviendra pas du tout. Mais nous autres, comment ferons-nous pour l'oublier ? Associer la mort de mon père aux deux ans de notre puce me paraît insurmontable.

Nous sommes tous sous le choc. Mon frère pleure comme un enfant. Il est redevenu ce petit garçon fragile qu'il était autrefois, se réfugiant dans les bras de notre mère. Nous sommes trop jeunes pour perdre notre père.

Notre ciel s'obscurcit. J'essaie de ne pas sombrer. Papa avait-il des problèmes de santé ? Pourquoi son corps l'a lâché à l'aube de sa retraite tant méritée ? J'ai vingt-cinq ans et je sais que ma vie ne sera plus jamais comme avant.

*

L'été cède sa place à l'automne. Les feuilles des arbres ont commencé à tomber. En quelques jours, les températures ont fortement baissé. Le ciel est triste, comme nous. Les nuages remplis d'eau menacent de se déverser sur la famille et les amis venus saluer mon père pour son dernier voyage.

Nous avons organisé les obsèques dans la douleur et l'incompréhension. Ma mère n'est plus que l'ombre d'elle-même. En quelques jours, elle a perdu les kilos contre lesquels elle luttait depuis des années. Je la trouve belle dans sa douleur, éteinte de toute animosité, éteinte tout court.

Pourquoi lui ? Pourquoi maintenant ? Quel message tente de nous transmettre cette épreuve ? Je me persuade qu'il a rejoint ses parents partis trop vite. « Ceux qui s'aiment finissent toujours par se retrouver », m'avait soufflé une fois Mémé Jo. J'aimerais qu'elle ait raison. Tout est allé trop vite, je n'ai pas eu le temps de dire à Papa que je l'aimais.

La cérémonie est très simple. J'écoute chacune des phrases du prêtre pour y trouver un sens. Mais je suis en colère. Nous prendre mon père, ce n'est pas juste. Lui si gentil, si bon, si courageux, si aimant. Il ne verra jamais les adultes que nous deviendrons. Il ne sera pas là pour voir grandir nos enfants.

Depuis quelques jours, je suis prise de nausées chaque matin. Cette fois, je comprends avant même de consulter le médecin. Mon père vient de mourir et je suis enceinte. Une vie s'en va, une autre se prépare. Ce n'est pourtant pas le bon moment. J'essaie de me convaincre qu'il n'y a aucun enfant dans mon ventre. Pas maintenant, c'est trop tôt. Si c'est un garçon, nous l'appellerons Philippe. Voilà le flot de pensées qui m'agite lorsque le cercueil de mon père descend doucement dans la terre, son ultime demeure où l'attendent ses propres parents depuis longtemps. J'étais toute petite lorsqu'ils sont partis.

Alors que je n'avais pas encore versé une seule larme, je laisse enfin l'émotion m'envahir. Simultanément, la pluie se met à tomber. Les gouttelettes d'eau se mêlent aux larmes qui dévalent sur mes joues. Michel se rapproche, me protégeant d'un large parapluie. Michel, mon amour, l'autre homme de ma vie.

*

Ma grossesse se passe bien : cinq mois déjà. C'est une fille. L'échographie est formelle. Nous l'appellerons Sophie. Le « Phi » pour rendre hommage à mon père. Même si je me garde bien d'en parler à qui que ce soit. Si quelqu'un me demande pourquoi ce prénom, je répondrai que c'est grâce à Sophie Marceau, cette gamine de quatorze ans qui a joué dans *La Boum*, ce film que Lise et moi avons adoré. De toute façon, Michel n'est pas contrariant. Je peux bien l'appeler comme je veux, ce bébé : il voulait un garçon et c'est encore une fille. Tout de même, je m'interroge : pourquoi les hommes tiennent-ils tant à avoir un fils ? Est-ce pour voir leur nom perdurer ? Taper dans un ballon avec leur rejeton ? Leur apprendre à séduire les femmes ? Cela m'échappe.

Depuis la mort de Papa, nous nous sommes temporairement installés chez Maman, le temps qu'elle fasse son deuil. Claire ne va plus chez la nourrice. C'est sa grand-mère qui s'occupe d'elle... à moins que ce ne soit Claire qui s'occupe de sa Mamie, je ne sais pas trop. Disons qu'elles ont besoin l'une de l'autre et que cette situation m'arrange bien en attendant que Maman aille mieux et que nous trouvions un appartement plus grand.

*

Chez Deloite & Co, la nouvelle de ma grossesse n'a pas été accueillie comme je l'espérais. La direction s'inquiète de me voir déserter alors que je prenais de plus en plus de responsabilités. Mais là-bas, j'oublie que je suis enceinte. Être irréprochable au travail est tout ce qui m'importe. Après tout, ce n'est pas une maladie. Les nausées ont fini par disparaître et mon ventre rond ne m'empêche pas de cavaler.

Noël sera bientôt là. Pourtant, les rues qui s'illuminent de mille lumières ne parviennent pas à réchauffer mon cœur. Il n'y a que le sourire de ma fille qui m'apaise, mais bien souvent, elle est déjà endormie lorsque je rentre le soir. Alors, je l'écoute respirer durant de longues minutes avant de me remettre au travail pour encore quelques heures. Je m'endors souvent sur la table du salon et rejoins notre lit tard dans la nuit.

Michel me reproche mes absences. Il a l'impression de passer plus de temps avec ma mère qu'avec moi. Il n'est pas rare qu'il prolonge ses journées à la bibliothèque, prétextant des recherches pour ses cours. Je sais qu'il essaie simplement d'éviter ma mère qui ne l'a jamais porté dans son cœur. La communication entre lui et moi se complique. Mon mari s'éloigne.

*

Aujourd'hui, le cabinet a remporté une grosse affaire. Pour me remercier de mes interventions remarquées dans le dossier, mon maître de stage me laisse partir plus tôt qu'à l'accoutumée. Il est dix-neuf heures lorsque je quitte le bureau. C'est l'occasion de faire une surprise à Michel en lui rendant une petite visite à la bibliothèque.

En parcourant les couloirs que je fréquentais assidûment il n'y a pas si longtemps, les souvenirs refont surface. Ces lieux ont vu naître notre idylle. C'est ici que Michel et moi nous étions découverts. Lorsque je l'aperçois enfin, émue de m'être laissée envahir par les prémices de notre amour, Michel n'est pas seul. Je stoppe ma marche et me dissimule derrière une étagère pour l'observer. Il ne me faut pas longtemps pour comprendre que la jeune fille assise à ses côtés n'est pas seulement une étudiante. Michel est très proche de la jeune femme et il a pris son allure de séducteur, fossette creusée au coin de sa joue droite. Peut-être sont-ils amants ? Mon corps se met à trembler. Mon pouls transperce ma poitrine et, dans mon ventre, Sophie exécute une cabriole qui me tord de douleur. Je m'assois sur une chaise pour reprendre mes esprits. La colère et la tristesse se mélangent dans mon cerveau brumeux. Que devrais-je faire ? Me présenter devant eux et interrompre cette parade nuptiale que Michel joue à merveille, ou bien fuir, feignant de n'avoir jamais été témoin de cette scène ? Je reste quelque temps à bonne distance, attendant que mon cœur retrouve un rythme normal.

Je ne constate aucun rapprochement physique entre elle et lui, juste un ballet de regards, une séduction palpable, une aura d'hormones en ébullition flottant au-dessus de leurs têtes. Ils se désirent. Elle est amoureuse, c'est indéniable. Elle est très jolie, plus jeune que moi, sûrement une de ses élèves, comme je l'étais aussi il y a quelques années seulement. Je me trouvais assise là, à quelques rangées près, Michel à mes côtés, susurrant des mots dans le creux de mon oreille, faisant monter l'envie de lui appartenir, me détournant de Bruno qui m'aimait tant. Notre amour est né en ces lieux. Il ne peut pas se terminer ici.

Que peuvent-ils se dire ? A-t-il déjà effleuré sa peau blanche ? Sont-ils déjà passés à l'acte ? Elle entortille inlassablement une mèche de ses longs cheveux blonds autour de son index en buvant ses paroles. Ce geste anodin peut suffire à faire chavirer un homme… Sa bouche rosée et pulpeuse n'attend que les lèvres de mon mari. Et l'anneau qui brille à son annulaire ne semble pas la dissuader. Pourvu que je me trompe. La jalousie m'étreint. Et si elle gagnait le combat ? Je reste encore un moment à les observer, incapable de déterminer la relation qui les unit. Puis, lassée du spectacle, je quitte la bibliothèque dans un état second.

Un quart d'heure de marche dans le froid cinglant me remet les idées en place. Sophie est calme et n'a plus bougé depuis sa cabriole. Je caresse mon ventre pour la rassurer et lui chuchote :

— Ne t'inquiète pas, ma chérie. Maman est là. Quand Papa sera de retour, je m'occuperai de lui.

Je ressens un léger tressaillement, signe qu'elle va bien. Je suis soulagée. Elle a surmonté le choc, je le surmonterai aussi.

*

Lorsque je franchis la porte, Claire en pyjama avec sa tétine dans la bouche bondit dans mes bras. Visiblement, elle coursait Giscard qui vient de se percher sur la commode de l'entrée pour lui échapper. Ma mère, toute vêtue de noir, ne cache pas sa surprise de me voir rentrer de si bonne heure :

— Francine ! Que se passe-t-il ? Tu t'es enfin souvenue que tu avais un chez-toi ? Alléluia !

— Je vois que tu retrouves ton sens de l'humour.

Ma tirade l'atteint en plein cœur. Son visage change. Je la regrette aussitôt.

— Pardon, Maman, je n'aurais pas dû dire cela.

Je m'excuse en déposant une bise sur sa joue amaigrie. Cette tenue la vieillit. Il serait grand temps qu'elle accepte le départ de Papa et qu'elle remette un peu de couleurs. Pour Noël, je lui ai offert de jolis vêtements colorés mais ils sont restés pliés sur la chaise de sa chambre. À seulement quarante-huit ans, elle en paraît dix de plus. Elle ne se maquille plus, ne s'apprête plus. Ses cheveux qu'elle n'a plus teints depuis l'été dernier sont attachés en un chignon strict qui lui donne l'allure d'une directrice d'école d'un autre temps. Elle se laisse aller et je ne sais pas comment l'aider. Elle sombre lentement dans la déprime. Claire est son unique médicament.

— Comment s'est passée ta journée ? Claire a été sage ?

— Claire est toujours sage. Heureusement qu'elle est là, cette petite, dit-elle en étouffant un sanglot. Et sa petite sœur qui arrive bientôt... Il va falloir lui trouver un prénom à cette enfant. Vous y réfléchissez ?

— On a encore le temps...

— Comment se fait-il que tu sois déjà là ? Michel ne rentre jamais avant vingt heures, vingt heures trente.

Je lui raconte la victoire du cabinet : un pédophile derrière les barreaux à perpétuité. Y repenser me donne la nausée, nausée qui redouble à l'idée de ce qui se trame en ce moment même à la bibliothèque. Mon frère attablé dans la cuisine, lève à peine la tête en me voyant. À la télévision, défile le générique de fin de *L'Île aux enfants*.

— Salut ! Alors, l'épisode était sympa ? dis-je pour me moquer de lui.

— Maman a raison. T'es jamais là ! me reproche mon frère. Tu bosses trop, tu es enceinte et ton mari est dans la nature. Tu trouves ça normal ?

— Christian ! C'est comme ça que tu accueilles ta sœur ?

— Laisse, Maman. Chris a raison. Je vais essayer de lever le pied. J'ai pris de mauvaises habitudes depuis que je travaille au cabinet. J'ai tellement envie de réussir que je néglige ma famille, je m'en rends compte. Ce serait bien que tu ailles mieux, Maman. Je pense que Michel et moi devrions rentrer chez nous, retrouver nos marques et notre vie d'avant.

— Comment ? Tu veux quitter la maison ? Mais qui s'occupera de Claire ? Que vais-je devenir si elle n'est plus là ?

— Merci pour moi, lance Christian qui se lève, furibond.

— Mais qu'est-ce qu'il a, ton frère ?

— Je l'ignore. Je vais aller lui parler.

Christian s'est enfermé dans sa chambre. Walkman sur les oreilles, il feuillette son manuel de droit. Je m'assieds près de lui sur son lit, prends son livre et plante mes yeux dans les siens.

— Christian, je te sens en colère. Qu'est-ce qui ne va pas ?

— Rien. Je n'ai pas envie de te parler.

— Allez, arrête de faire l'ado ! Tu as vingt-deux ans. Cela n'aurait pas un rapport avec ta remarque de tout à l'heure, à propos de Michel ? Est-ce que tu sais quelque chose ? Tu as l'air contrarié.

— Je ne te dirai rien. C'est ton problème, pas le mien.

— Donc, il y a un problème. Tu le croises tous les jours à la fac. Tu as vu un truc bizarre ? Allez, s'il te plaît, dis-moi.

— T'es vraiment chiante, Francine ! Ouais, y a un truc qui cloche et si t'interviens pas rapidement, c'est moi qui vais lui casser la gueule.

— Ah. Est-ce qu'il a quelqu'un d'autre ?

— Je ne peux pas le certifier mais une nana lui tourne autour depuis quelque temps. Et ça ne semble pas le déranger, ton mari. Bien au contraire. Si j'étais toi, je me méfierais.

— Merci, Chris. Tu vois, ce n'était pas si compliqué de m'en parler.

— Ouais. Mais dans ton état… c'est vraiment nul ! D'abord Papa qui crève et maintenant…

— Ce n'est peut-être rien. Ne t'inquiète pas. Je vais en discuter avec Michel. S'il te plaît, ne dis rien à maman…

— Tu me prends pour une balance ? raille-t-il.

— Pas du tout. Seulement, elle n'a pas besoin de se faire du souci pour mon couple. Elle ne le supporterait pas. Si elle me questionne, je lui expliquerai que Papa te manque.

— Hé, je ne suis plus un bébé.

— Mais Papa nous manque, c'est la vérité. Tu es mon petit frère, nous avons le même sang tous les deux et ça, c'est plus fort que tout. Compris ?

Il essuie une larme qui menace de s'échapper. Sans le prévenir, je l'attire dans mes bras pour le serrer contre moi.

— Je t'aime, frangin.

Sophie donne un petit coup dans mon ventre.

— Tiens, Sophie te fait coucou, dis-je en prenant sa main pour la poser sur mon ventre qui remue.

— Oh, c'est trop bizarre ! Mais, tu as dit Sophie : c'est le prénom que vous lui avez choisi ?

— Ce n'est pas officiel. Michel n'est pas au courant. Ça te plaît ?

— Tu sais, moi, je m'en cogne pas mal, du prénom. Si ça te plaît à toi, c'est tout ce qui compte.

— Merci pour ton enthousiasme, Tonton Cri-cri ! Allez, viens, on redescend. Maman va se demander ce qu'on complote.

*

Après une longue séance de câlins, Claire finit par s'endormir. Mon cœur tressaille lorsque j'entends la porte d'entrée se refermer. Immédiatement, le parfum de Michel parvient jusqu'à moi. Est-il mêlé à celui de l'autre femme ? Je prends une grande inspiration. Je n'ai pas vraiment réfléchi à la façon dont j'allais m'y prendre pour lui tirer les vers du nez. Ma mère et mon frère regardent la télévision dans le salon. Je descends l'escalier avec la délicatesse d'un hippopotame en espérant qu'il trouvera ma démarche sexy. Je mets mon index devant ma bouche pour l'inviter au silence. Je le trouve beau.

— Tu es déjà là ? me demande-t-il, étonné.

— Oui, depuis un moment. Je voulais te faire la surprise, dis-je en caressant sa jolie fossette.

— Ah. Je bossais à la bibliothèque.

— Seul ? dis-je en effleurant ses lèvres avec les miennes que j'ai pris grand soin d'enduire de brillant.

— Oui, seul. Bien sûr.

Premier mensonge. Mon cœur manque un battement mais ma stratégie se met en place instantanément. Il est hors de question que mon mari m'échappe. Je vais lui rappeler que j'existe.

— Est-ce que tu as faim ?

— Pas vraiment. J'ai grignoté un sandwich, tout à l'heure...

— Tant mieux. Suis-moi...

— Claire dort déjà ?

— Elle vient de s'endormir mais je lui ai promis que tu lui ferais un petit bisou dès que tu rentrerais. Elle était épuisée.

Michel s'exécute. Il est rare que je sois témoin de ce moment de tendresse. D'habitude, c'est lui qui la couche. Je l'attends dans l'entrebâillement de la porte, tiraillée par des sentiments paradoxaux. Lorsqu'il sort de la pièce, je lui attrape la main pour le conduire dans notre chambre.

— Peux-tu m'expliquer ce qui se passe, Francine ?

— Cela fait trop longtemps que nous n'avons pas fait l'amour.

— Ça te prend comme ça ?

— Tu n'es pas content ?

— Je n'ai pas très envie, j'ai eu une longue journée. Je vais prendre une douche et j'irai me coucher directement.

— Excellente idée, je me douche avec toi.

— Euh, la cabine est trop petite pour nous accueillir tous les deux avec ton gros ventre…

— Ah… Dans ce cas, prenons un bain ! J'ai envie de m'occuper de toi.

— N'insiste pas, Francine, je suis vraiment fatigué.

S'il se refuse à moi, cela ne fait pas l'ombre d'un doute : Michel me trompe.

Il se déshabille et prend la direction de la salle de bains. Je ramasse ses vêtements qu'il a négligemment laissés au pied du lit. Je les respire : aucune odeur suspecte. Peut-être n'est-ce pas trop tard ? J'entends l'eau couler un long moment. J'en profite pour enfiler la nuisette en soie qu'il m'avait offerte pour mon anniversaire. Elle me serre un peu la taille, mais je me sens sexy. Je brosse mes cheveux, vaporise une touche de parfum derrière les oreilles et dispose quelques bougies sur ma table de chevet, bien décidée à le faire capituler. Je le rejoins dans la salle de bains. Debout face au miroir, il est encore tout mouillé, les gouttelettes perlant sur son dos encore fumant. Je me plaque contre lui.

— Tu es déterminée, ma parole, lâche-t-il en se tournant vers moi.

— Tu n'imagines pas à quel point.

Je ne lui laisse pas le temps de réfléchir, colle ma bouche contre la sienne, obtiens un baiser, et caresse sa peau. Je me réjouis de voir que je lui procure encore quelques sensations. Tout doucement, sans jamais libérer ses lèvres, je l'entraîne jusqu'à notre lit.

— Ce soir, c'est moi qui m'occupe de tout, je murmure en embrassant chaque parcelle de son corps.

*

Il y avait longtemps que nous n'avions pas fait l'amour avec une telle intensité. J'ai retrouvé la passion dévorante des premières fois, le désir grandissant et l'envie de lui rendre au centuple le plaisir qu'il me donne. Une autre femme s'est emparée de moi. J'en ai même oublié qu'un bébé se trouve dans mon ventre. Moi, Francine, je ne me croyais pas capable d'autant d'audace. Je dois vraiment craindre de le perdre pour me dépasser à ce point. Mais était-ce aussi fort pour lui ?

Encore essoufflé, il chuchote :

— Décidément, tu as le don de me surprendre.

— Reprends des forces, chéri, je n'ai pas dit mon dernier mot.

Michel explose de rire. Un rire comme je ne lui avais plus entendu depuis longtemps.

— Hé, rendez-moi ma femme, celle-là est nympho ! s'exclame-t-il.

— Ça ne te plaît pas ? Tu n'as pas aimé ?

— Si, c'était super. Mais pourquoi tant d'enthousiasme tout à coup ?

Je me blottis dans ses bras chauds. Son torse sent l'amour. L'émotion m'envahit. Une larme perle sur ma joue et viens s'écraser sur son épaule.

— J'ai peur, Michel.

— Peur de quoi ? me demande-t-il.

— De te perdre...

Il ne répond pas tout de suite. Il reste immobile. Ma main posée sur son cœur se soulève au rythme de sa respiration. Son silence m'empêche de respirer. Il se tourne vers moi et plonge son regard dans le mien, baigné de larmes.

— Francine, je dois t'avouer quelque chose.

— Non, je t'en supplie ! Je crois savoir et je ne veux pas l'entendre.

— Comment peux-tu le savoir ?

Les mots restent coincés dans ma gorge. Michel embrasse les larmes qui coulent sur mon visage.

— Je n'aime pas te voir pleurer. Je te rends malheureuse, n'est-ce pas ?

— Non, c'est faux ! C'est plutôt le contraire. Tout est ma faute. J'ai négligé ma famille, je t'ai négligé, toi. Je ne pense qu'à ma carrière, je ne suis jamais là. Je te promets d'être plus présente à l'avenir. Je t'aime. J'oublie de te le dire. Tu es l'homme de ma vie.

Michel se laisse gagner par l'émotion. Ses yeux n'ont jamais été si brillants. À vrai dire, je ne l'ai jamais vu pleurer.

— Que se passe-t-il, Michel ?

— Je me sens perdu, Francine.

— Tu es amoureux d'elle ?

Michel a un mouvement de recul. Je n'avais pas prévu d'évoquer l'autre femme. Les mots ont dépassé ma pensée. Il quitte le lit, se poste tout nu devant la fenêtre. Je le rejoins, caresse sa peau douce. Je sens la chair de poule se former à mon contact. J'aimerais qu'il parle mais je crains ses aveux.

— J'ai failli te tromper, Francine…

— Mais tu ne l'as pas fait ! dis-je malgré la bombe qui vient d'exploser dans mon cœur et l'envie de lui crever les yeux.

— Je l'ai souhaité si fort que je me dégoûte.

— Tu ne l'as pas fait, c'est tout ce qui compte ! Promets-moi de ne plus la revoir.

— Je te le promets.

— Promets-moi de l'oublier. Pour elle, tu n'es rien. Alors que pour nous… Tu as une famille. Je suis là. Tu as tes filles, Claire et une autre princesse qui arrive bientôt. Tu as tout pour être heureux. Je t'aime plus que tout. Tu comprends ?

— Je t'aime aussi, Francine.

— Alors pourquoi as-tu mis notre mariage en danger ?

— Je ne sais pas. Elle est jeune et belle. Elle me prend pour Superman. Elle me flatte. Elle me regarde avec des yeux de biche et donnerait n'importe quoi pour…

— Ça suffit, maintenant. Là, tu deviens vexant, dis-je en plantant mes ongles sur sa poitrine.

— Aïe, tu me fais mal.

— Désolée. C'est difficile pour moi. Je vous ai vus ce soir… J'étais venue te chercher à la bibliothèque. J'ai vu cette façon qu'elle a de te dévorer du regard. Et tu n'étais pas en reste. Tu m'as blessée, Michel. Je me suis sentie trahie. Ça m'a brisé le cœur.

— Je te demande pardon, Francine. Je te jure qu'il ne s'est rien passé.

— Mais tu l'as désirée si fort, je le sais.

— Je vais cesser de la voir, je te le promets.

— Tu as intérêt, sinon je la découpe en morceaux. Au pire, je connais de bons avocats.

— Arrête, tu deviens flippante…

— Pas flippante. Amoureuse. Et prête à tout pour ne pas te perdre. Tu entends, Michel ? Je suis amoureuse, répété-je en l'attirant vers moi pour l'embrasser.

*

Après cette nuit-là, nous n'avons plus jamais reparlé d'elle. Je ne connais même pas son prénom. Pendant plusieurs semaines, Michel a semblé troublé. Mettre fin à cette relation naissante lui a sans doute coûté. J'imagine que la demoiselle a dû s'accrocher comme une moule à son rocher, l'implorer, lui promettre monts et merveilles et inventer mille stratagèmes pour l'attirer dans ses filets et l'éloigner de moi… J'espère sincèrement qu'il lui a résisté.

Pour lutter contre son fantôme qui a longtemps plané sur notre couple, Michel et moi avons fait l'amour le plus souvent possible, et ce, jusqu'à l'arrivée de Sophie : un beau bébé de trois kilos neuf, née le 29 mai 1982. Ce jour-là, nous avons appris le décès de Romy Schneider. Une vie s'éteint, une autre naît...

11.

Juillet 2018
Perturbations à venir

La femme que je découvris dans le miroir me semblait triste et fatiguée. Comment était-il possible, à seulement soixante-deux ans, de se sentir déjà vieille et dépourvue de passion ? Michel m'aimait sans doute encore, mais moi, je n'aimais plus sa façon de m'aimer. Les ridules aux coins de mes yeux symbolisaient les fous rires que nous avions autrefois partagés. Depuis quand n'avions-nous pas ri ensemble ? Les sillons profonds de ma ride du lion témoignaient des nombreuses heures passées au cabinet, plongée dans les dossiers, puis de toutes celles à réprimander les filles qui me reprochaient mon absence. Je voulais vieillir heureuse, et ce n'était pas le cas.

J'allais me mettre à pleurer quand quatre jeunes femmes déboulèrent en trombe dans les toilettes. L'une d'elles se précipita au-dessus d'une cuvette pour vomir. Je ne les avais pas remarquées dans la salle du restaurant, elles devaient être placées dans un coin reculé afin de ne pas importuner les autres clients.

Deux autres filles pouffaient tout en filmant avec leurs smartphones une jolie blonde, la figure barbouillée de maquillage et coiffée d'un court voile de mariée. Je compris qu'elles fêtaient son enterrement de vie de jeune fille. Son t-shirt à l'effigie de son futur époux comprimait sa poitrine. Le visage du pauvre garçon était complètement déformé.

— Hé, madame, vous êtes mariée ? m'interpella la future épouse.

Au timbre de sa voix, il paraissait évident que son taux d'alcool avait dépassé le maximum autorisé.

— Depuis trente-neuf ans ! répondis-je solennellement.

Ma réponse provoqua une ribambelle d'onomatopées indescriptibles.

— Mais vous l'avez trompé, c'est sûr ! ajouta la jeune femme.

— Oh là là, ça se demande pas, répliqua une autre demoiselle pourtant suspendue à mes lèvres en espérant une réponse affirmative.

— Trente-neuf ans sans fauter, c'est pas possible ! On le répétera à personne. Allez, quoi ! On veut savoir !

La situation était ubuesque, mais je les trouvais touchantes. À vingt ou vingt-cinq ans, alors que l'une d'elles allait s'engager pour la vie, leur unique préoccupation était de connaître mon point de vue sur la fidélité.

— Non, je n'ai jamais trompé mon mari, dis-je fièrement, me remémorant toutefois ceux qui auraient pu me faire chavirer.

— Impossible ! On vous croit pas ! Alors, c'est lui qui est allé voir ailleurs. Tous les hommes font ça. Pas vrai, les filles ?

— Bah, je suis pas d'accord ! Les hommes n'ont pas le monopole de l'infidélité. Les femmes aussi peuvent tromper leurs mecs. Moi, par exemple, je couchais bien avec Matteo pendant que je sortais avec Lucas.

— Mais c'est pas pareil, t'étais pas mariée ! Et t'es même plus avec lui, remarqua celle qui me parut la plus sobre.

— C'est pas faux ! J'avais oublié. Hi, hi !

— Alors, madame ? Votre mari vous a trompée, oui ou non ? relança la future mariée.

— Je ne crois pas. Peut-être bien que oui. Ou peut-être que non. Il vaut mieux ne pas chercher à le savoir. Sinon, nous ne serions pas ensemble ce soir pour fêter nos noces de crêpe.

— Noces de crêpe ? C'est quoi ça ?

— Oh ! T'es nunuche ou quoi ? On dit « noces de... » pour chaque anniversaire de mariage. Donc, trente-neuf ans, c'est noces de crêpe. Pigé ?

— Ah, d'accord...

— Mais, vous avez bien des proches qui sont encore mariés dans votre entourage ? demandai-je, curieuse.

— Mes vieux ont divorcé quand j'étais gamine et mon père s'est recasé trois fois depuis. Ma mère est devenue lesbienne. Voilà voilà...

— Mon grand-père est mort avant de fêter ses cinquante ans de mariage, je crois...

— Moi, je sais pas. Ma mère est pas mariée. Mon père, je sais pas qui c'est. Et mes grands-parents veulent pas nous voir...

— Oh ! ma pauvre. Pourquoi tu nous as jamais rien dit ?

L'ambiance retomba comme un soufflé. Je m'en voulais d'avoir posé une telle question. Un mariage classique et pérenne semblait inaccessible pour ces jeunes filles en quête d'amour.

— D'accord. J'ai une confidence à vous faire... m'écriai-je subitement pour détendre l'atmosphère.

— Ça y est, les filles, Mamie passe aux aveux ! Euh... Vous êtes bien grand-mère, hein ? se reprit la jeune femme.

— Absolument ! J'ai quatre petits-enfants : trois garçons et une fille.

— Ouf ! Alors, c'est quoi votre secret ?

— Une fois, j'ai failli tromper mon mari.

— Voilà, j'en étais sûre ! lança la future mariée, rassurée.

— Elle a dit « failli »... Soyez plus précise : est-ce qu'embrasser, c'est tromper ?

— Et sucer, c'est tromper ? pouffa celle qui venait de vomir.

— Oh, Emma, sois classe, un peu ! Laisse parler la dame. On vous écoute, madame.

— J'ai eu le béguin pour un client du cabinet.

— Vous étiez dame pipi en discothèque ?

Je fus prise d'un fou rire tandis qu'elles commençaient à se chamailler.

— T'es vraiment bourrée, Léa ! Faut que t'arrêtes de boire ! Tu vois des chiottes partout !

— C'est pas de ma faute si j'ai une petite vessie !

— Aucun rapport ! Bon, allez, on va pas camper ici. Du coup, il s'est passé quoi avec l'homme du cabinet ?

— J'étais amoureuse de lui, ça, c'est une certitude. Je rêvais de lui toutes les nuits. Mais notre relation est restée platonique.

— Ça veut dire quoi, *platonique* ? demanda Léa.

— Hé, l'alcool a kidnappé ton intelligence ou quoi ? répliqua son amie.

— Du coup, est-ce que rêver de quelqu'un d'autre que son mari, c'est le tromper ?

— Bah, ça paraît évident, non ? s'exclama Emma.

— Tout ce qui se passe dans la tête reste dans la tête. Encore heureux qu'on puisse s'évader par la pensée ! rouspétai-je.

— Ouais, encore heureux ! s'écria Léa. Et si on laissait la dame tranquille ? Madame, merci et pardon du déménagement.

— Déménagement, t'es sûre ? se moquèrent les autres.

— C'est bon, tout le monde avait compris…

Après une ultime retouche maquillage face au miroir à l'aide d'un bâton de rouge à lèvres qui passa de main en main, les trois copines quittèrent les toilettes, abandonnant la future mariée devant le lavabo. À peine eurent-elles tourné leurs talons de douze centimètres que cette dernière se mit à sangloter. Je lui tendis une feuille de papier.

— Vous ne suivez pas vos amies ? Qu'est-ce qui se passe ?

— Le mariage est dans une semaine.

— Formidable, félicitations ! dis-je, enthousiaste.

Ses pleurs redoublèrent, ravageant son maquillage outrancier.

— Oh, c'est pas si génial que ça…

Elle posa les mains sur ses seins, précisément là où se trouvaient les oreilles décollées du visage imprimé sur le t-shirt, comme si elle voulait éviter à l'image du jeune homme d'entendre ses propos.

— C'est pas lui que j'aime… c'est son frère, avoua-t-elle.

— Alors là, vous vous êtes fourrée dans un sale guêpier.

— Ça veut dire quoi, exactement ?

— Que tu es dans la merde ! lâchai-je en la tutoyant.

Nous restâmes un moment à nous regarder dans le miroir. Elle me faisait de la peine. Avec son voile de mariée de fortune, ses cheveux en bataille, ses yeux cerclés de noir qui lui donnaient des airs de panda, elle semblait tout droit sortie d'un manga. Elle attendait un soutien de ma part mais je ne parvenais pas à trouver les bons mots pour la réconforter. Elle se moucha bruyamment avant de bredouiller, entre deux hoquets :

— Je ne sais pas quoi faire, madame.

— Ma pauvre, je ne sais pas quoi te dire. Tu en as parlé à tes amies ?

— C'est hors de question ! J'ai tellement honte.

— Et le frère de ton futur mari, il est au courant que tu l'aimes ?

— C'est mon ex. Il s'appelle Maxime. C'était mon premier mec. J'avais quinze ans et on est restés ensemble tout le lycée. Enfin, on cassait, on se remettait… C'était compliqué. Et puis, après le bac, il est parti aux *States* pour six mois. Il voulait être « *single*, pour profiter de la *life* ». Alors, moi aussi, j'ai profité. Et même si j'ai eu des tas de mecs, c'est lui que j'ai kiffé le plus. Je ne l'ai jamais oublié.

— Je ne comprends pas. Comment t'es-tu retrouvée avec son frère ?

— Il y a trois ans, je suis allée dans un club et je l'ai reconnu.

— Ton futur mari ? demandai-je en pointant son t-shirt.

— Oui. Thomas. Ce soir-là, je lui ai littéralement sauté dessus. Je me suis dit que c'était un signe du destin. Qui l'avait mis sur mon chemin pour que je puisse renouer avec Maxime. Thomas a deux ans de moins que lui. Ils se ressemblent un peu. On voit qu'ils sont frères, quoi. Il m'a invité à danser. *Oh my god*, il danse comme un Dieu ! Entre nous, ça a été chaud tout de suite. On avait trop bu, j'avais envie d'être dans les bras d'un mec, il me rappelait Maxime, que demander de plus ? Ensuite, il m'a avoué qu'il avait fantasmé sur moi quand je sortais avec son frère, qu'il nous écoutait à travers le mur de sa chambre quand on faisait l'amour le mercredi après-midi pendant qu'il…

— OK, je vois, la coupai-je. Et ensuite ?

— Bah, on a couché ensemble dans sa voiture, normal quoi. Il m'a dit qu'il m'aimait, qu'il voulait plus qu'on se quitte…

— Mais vous étiez saouls !

— Ouais, et ?

— Bon, d'accord. Et après ?

— On s'est mis ensemble. Il est gentil, je l'aime bien. Au lit aussi, ça se passe bien…

— C'est suffisant, tu crois ?

— Mais j'ai voulu lui dire ! Quand je me suis rendu compte que je ne l'aimais pas autant que j'avais aimé son frère, il a sorti la bague, dit-elle en exhibant son annulaire. Je rêvais de me marier. J'ai pas voulu le blesser. Je me suis dit que ça me passerait… Et voilà ! maintenant je suis dans le nid d'abeilles.

— De guêpes ! Un guêpier, exactement.

— C'est pareil, ça vole et ça pique…

— Non, l'abeille ne pique pas, enfin pas tout le temps. Bref ! Et Maxime dans tout ça ?

— Il me calcule pas mais je suis sûre qu'il me kiffe encore. Il faut juste que j'arrive à réveiller ses sentiments. À Noël, je lui ai fait du pied sous la table mais il a cru que c'était le chat qui se frottait. Quel débile ! Depuis quand le chat te caresse l'entrejambe avec ses pattes, hein ?

— Dans ce cas, comment peux-tu être certaine qu'il te « kiffe » encore ? demandai-je en mimant les guillemets.

— Les femmes sentent ça. Vous le sentez pas, vous ?

— Oh, tu sais… ça fait belle lurette que je ne sens plus grand-chose. Ma jeunesse est loin derrière. Laisse-moi récapituler. Donc, tu vas te marier avec un homme que tu n'aimes pas en espérant séduire un homme qui ne te calcule pas, son frère qui plus est. On dirait un scénario de film…

— C'est çaaaaa ! se lamenta-t-elle.

Je me sentis investie d'une mission. Il fallait que je l'aide. En quelques minutes, elle venait de me confier sa vie. Il me tardait d'avoir ce genre de relation avec mon unique petite-fille, en espérant toutefois qu'elle ne se mette jamais dans un tel… guêpier.

— Ne te marie pas ! m'écriai-je subitement. Annule ce mariage tant qu'il en est encore temps ! Tu t'appelles comment ?

— Cindy.

— Cindy, n'épouse pas Thomas ! Tu ne peux pas lui faire ça. Ni à lui, ni à sa famille, ni à toi. Tu ne vas pas t'imposer une vie entière avec lui pour de mauvaises raisons. Le mariage est un acte important, un acte d'amour qu'il ne faut pas prendre à la légère. À ce train-là, tu seras divorcée dans six mois et un divorce, ça coûte de l'argent. Additionné à celui que vous allez perdre avec les coûts du mariage, ça fait beaucoup. Je suis avocate, et des familles qui se déchirent, j'en vois tous les jours. Suis mon conseil : ne te marie pas ! Tu peux encore tout stopper !

— Mais comment ? Sa mère va me tuer.

— Tu t'en fiches de sa mère ! C'est de ta vie qu'il est question. Tu expliques à Thomas que tu ne te sens pas prête, ou que tu ne l'aimes pas, ou plus, tout simplement. Je ne sais pas, mais tu trouveras la bonne formule. Et tu retournes vivre chez tes parents pendant un temps...

— Mon père habite sur la côte et chez ma mère... Non, impossible ! Et puis, je travaille. Je ne peux pas m'éloigner.

— Très bien, voici mon numéro, dis-je en lui tendant ma carte de visite. Si tu as le moindre pépin, tu m'appelles. D'accord ?

— Mais on ne se connaît pas.

— J'en sais plus sur ta vie que tes meilleures amies.

— J'avoue...

La jeune femme loucha pour déchiffrer ma carte avant de la glisser entre ses seins. Dans d'autres circonstances, j'aurais trouvé ça drôle.

— Francine, Francine... murmura-t-elle. Votre prénom me dit quelque chose... Je suis sûre de connaître quelqu'un qui s'appelle Francine. Attendez que je réfléchisse...

Les deux index pointés sur ses tempes, Cindy ferma les yeux pour se concentrer. Puis, comme une révélation, elle hurla :

— Mais ouiiiiiii, en fait, c'est pas vraiment quelqu'un. C'est Francine, la farine !

Il n'y avait rien à répondre à ça. Quelle spontanéité ! Finalement, grâce à Cindy et ses amies, je venais de passer dans ces toilettes étriquées le meilleur moment de ma soirée. Me prenant au dépourvu, elle se jeta sur moi pour me serrer dans ses bras quand on toqua à la porte.

— Madame, tout va bien là-dedans ?

J'entrouvris et découvris Sergio, tout penaud.

— Pardonnez-moi. C'est votre mari qui m'envoie. Il commence à s'inquiéter.

— Et il ne pouvait pas venir lui-même ? Tout va bien. On s'est improvisé une petite réunion entre filles. S'il vous plaît, dites-lui que j'arrive de suite.

— Bien, madame, lança-t-il avant de s'éclipser.

— Cindy, ce fut un plaisir de te rencontrer.

— Merci, Francine. Vous êtes au top !

Je me regardai une dernière fois dans le miroir. D'une certaine façon, cette conversation m'avait réconfortée : je me sentais utile – même si je venais de conseiller à une parfaite inconnue d'annuler son mariage. Qui étais-je pour chambouler ainsi son destin quand je n'avais jamais osé bouleverser le mien ?

Nous nous étions saluées, mais Cindy me suivit jusqu'à ma table. Intrigué, Michel la regarda, se demandant d'où sortait cette créature étrangement vêtue. Je m'attendais à ce qu'elle dise une bêtise, aussi, j'étais suspendue à ses lèvres.

— Monsieur, félicitations pour votre anniversaire de mariage ! Vous avez une femme merveilleuse !

— Euh, merci mademoiselle, bredouilla Michel en m'interrogeant du regard.

Je lui fis un signe discret lui indiquant qu'elle était ivre. Elle se pencha pour lui murmurer quelque chose à l'oreille. Je crus discerner les mots « tromper »,

« castrer », « roubignolles ». Michel fronça les sourcils et devint écarlate. Cindy me gratifia d'un large sourire, m'envoya un bisou de la main et s'éloigna vers le fond de la salle où elle fut accueillie par des cris et des applaudissements. Comment se faisait-il que je ne les eusse pas repérées plus tôt ?

— Qu'est-ce qu'elle t'a dit ? demandai-je à Michel.

— Rien du tout ! Elle est complètement torchée, la pauv' fille.

— Torchée mais touchante.

— Vous avez parlé de quoi ?

— Des trucs de filles.

— Ça a duré des plombes. J'ai vraiment cru que tu avais rejoint ton amant. J'ai eu le temps d'apprendre par cœur la carte des desserts.

— Très intéressant... Et alors, qu'est-ce que tu prends ?

— Je ne sais pas. J'ai envie de tout.

— Tu sais que ce n'est pas sérieux... Cholestérol, diabète, triglycérides... Tes dernières analyses n'étaient pas très bonnes.

— Oh, fiche-moi la paix avec mes analyses. On ne vit qu'une fois !

— C'est vrai... dis-je en pensant à un tout autre sujet.

— Et toi, tu as envie de quoi ?

De me barrer, pensai-je. Je gardai cette pensée pour moi mais mon esprit n'était déjà plus là.

12.

Avril 1990
L'orage gronde

Chaque fois qu'il vient au cabinet, je sens son regard posé sur moi. Heureusement, c'est mon associé qui s'occupe de son dossier : une affaire de divorce. Son ex-femme veut le priver de ses gosses. Il a pourtant l'air d'être un bon père. Un peu perdu, toutefois. À la moindre occasion, il passe voir son avocat, comme si le téléphone n'existait pas… Mais ce n'est pas pour me déplaire. Je dois bien admettre que je ne peux m'empêcher de l'observer à la dérobée. J'aime reconnaître son parfum citronné qui flotte dans les couloirs. Dès qu'il entre dans l'étude, mille pensées envahissent mon esprit. La nuit aussi, je pense à lui. Il m'obsède et pourtant, je le fuis comme la peste. C'est le paradoxe de l'amour. Ai-je dit « amour » ? Je ne saurais qualifier ce que je ressens pour cet homme mais il m'attire comme un aimant.

Plusieurs fois, il m'a proposé de prendre un café mais je refuse catégoriquement. Je crains de me mettre en danger si j'accepte. Et puis, pour quel motif accepterais-je ?

*

Claire a dix ans et demi et Sophie, bientôt huit. Michel, à seulement quarante-trois ans, vient d'être nommé directeur d'université. Comme moi, il travaille beaucoup, mais ses horaires restent plus flexibles que les miens. Nous nous voyons peu et discutons de moins en moins. Heureusement, il nous arrive parfois de nous retrouver sous les draps : dernier signe que nous formons encore un couple.

Professionnellement, en ce qui me concerne, je ne peux rêver mieux. Il y a trois ans, avec Nicolas Chamberlain, un ancien étudiant de la Sorbonne, nous avons créé notre étude. Michel avait gardé contact avec lui et quand j'ai voulu me lancer, il m'a suggéré de m'associer avec un autre avocat. Nicolas est bel homme. Il est gay. J'ignore comment ils en sont venus à parler de son homosexualité, mais cela a dû rassurer Michel de me savoir au quotidien avec un homme qui ne voudrait jamais coucher avec moi. Je dois admettre que pour moi aussi c'est confortable. Nous avons promis de ne jamais en parler ; avec l'explosion du sida, les homos sont pointés du doigt, et Nicolas craint que nous ne perdions des clients si cela venait à se savoir. Il n'a sans doute pas tort. Quoi qu'il en soit, nous sommes devenus tous deux d'excellents amis. Nous croulons sous les dossiers et notre réussite m'enchante.

*

Ce matin, en prenant connaissance du planning du jour, j'ai focalisé mon attention sur celui de mon associé. En voyant son nom sur la liste, mon cœur a bondi dans ma poitrine. Voilà une dizaine de jours qu'il n'était plus venu et son absence commençait à me peser. J'ai demandé à mon assistante d'annuler mon rendez-vous de seize heures pour être dans les parages lorsqu'il franchirait les portes du cabinet.

Je me trouve donc près de Carole, l'hôtesse d'accueil, quand le client arrive, ponctuel. Je masque à peine ma joie en le voyant. Sous mon sein gauche retentit un solo de batterie. Bon sang, je ne me reconnais pas, on dirait une gamine.

Il tend sa main vers moi pour me saluer. À son sourire, je devine qu'il est très heureux de me voir.

— Bonjour, monsieur Renaud.

— Maître…

Au contact de sa paume, je sens quelque chose glisser dans ma main. C'est un morceau de papier soigneusement plié. Je rougis instantanément. Carole, soucieuse d'accomplir sa mission, se précipite sur le combiné.

— Je vous annonce à maître Chamberlain ? lance-t-elle.

— Non ! m'exclamé-je un peu fort en appuyant sur la touche pour raccrocher, faisant sursauter la pauvre

Carole. Ce n'est pas nécessaire, dis-je plus doucement. Je vais accompagner monsieur auprès de maître Chamberlain.

— Bien, acquiesce la jeune femme.

— Je vous en prie, monsieur. Vous connaissez le chemin.

Le long du couloir, il marche près de moi sans dire un mot. Il attend probablement que je parle en premier.

— Comment allez-vous ? demandé-je donc pour briser ce silence pesant.

— Ça va, se contente-t-il de répondre.

— Ce papier que vous m'avez donné, qu'est-ce que c'est ?

— Je suis timide. Je préfère que vous le découvriez quand vous serez seule. J'espère simplement que vous direz oui.

Le solo de batterie rate un battement. Si je n'étais pas mariée, je l'entraînerais immédiatement en direction des escaliers de service pour m'isoler avec lui. Je regarde ses mains et j'imagine qu'elles me touchent. Je regarde sa bouche et j'imagine qu'elle m'embrasse. Je ne comprends pas comment cet homme que je ne connais pas, dont je sais si peu de choses, peut provoquer en moi un tel émoi. Mon associé apparaît au bout du couloir, rompant le charme de la situation. Comme prise en flagrant délit, mes joues s'empourprent malgré moi.

— François ! Tu es déjà là ? lance-t-il à l'intention de son client. C'est bizarre, je n'ai pas été prévenu de ton arrivée. Qu'est-ce qu'elle fout encore, l'hôtesse ?

Elle me faisait pourtant meilleure impression que la précédente… Tu la trouves bien, toi, cette fille ? me demande-t-il.

Ce n'est pas dans son habitude de critiquer le personnel devant un client. Ils doivent bien se connaître, c'est certain. D'ailleurs, il le tutoie.

— Cette *fille* s'appelle Carole, et elle n'y est pour rien. C'est une hôtesse sérieuse. Je passais par là et j'ai proposé d'accompagner monsieur jusqu'à toi.

Nicolas me jette un regard suspicieux. Je sais qu'il sait. Rien ne lui échappe. Il a une sensibilité décuplée, ce qui fait de lui un brillant avocat. La moiteur de mes mains, les frissons qui descendent le long de ma colonne vertébrale… je jurerais que Nicolas a capté mon trouble, il est doué pour ça. Il dit lui-même qu'il a un don pour lire entre les lignes et reconnaître une situation ambiguë.

— Ah d'accord, au temps pour moi. On va la garder encore un peu, dans ce cas. Je t'en prie, François, entre, on va s'occuper de ta bonne femme. Enfin, de ton ex-bonne femme, ajoute-t-il, un brin misogyne tout en m'adressant un clin d'œil.

Monsieur Renaud semble gêné. La porte du bureau se referme. Je file m'enfermer dans les toilettes pour découvrir sa missive.

Chère Madame,

Je n'ose vous appeler par votre prénom qui hante mes pensées depuis que je l'ai entendu la toute première fois. S'il vous plaît, juste une fois, acceptez que l'on se voie.

Dès que je sortirai de ce rendez-vous, je vous attendrai au café du coin de la rue. J'espère sincèrement que vous m'y rejoindrez. J'ai à vous parler.

Bien à vous,

François

Je le relis encore et encore jusqu'à connaître chaque mot par cœur. Je finis par sortir des toilettes et me rafraîchis le visage. Le miroir me renvoie le reflet d'une femme sage. Trop sage ? Ferais-je véritablement quelque chose de mal en me rendant à ce rendez-vous ? « Juste une fois. »

Je vérifie mon image et replace une mèche de cheveux rebelles : ça ira. De toute façon, je ne veux pas lui plaire. N'est-ce pas ?

J'attrape ma sacoche dans mon bureau avant de passer une tête dans celui de mon assistante :

— Marion, s'il vous plaît, annulez tous mes rendez-vous. J'ai une urgence. Je ne reviendrai pas aujourd'hui.

— Maître, vous aviez un rendez-vous téléphonique important à dix-sept heures avec maître Delcourt.

— Tant pis. Excusez-moi auprès de lui et trouvez un créneau pour demain.

— Mais votre planning est plein à craquer.

— Débrouillez-vous ! Bonne fin de journée, Marion.

— Attendez maître, Daniel Courtier est en ligne. Apparemment, c'est vital. Pouvez-vous prendre l'appel ?

— Négatif. Tout est vital et je ne connais aucun Daniel.

— Mais…

— Ça attendra. Je ne suis plus là. Au revoir, Marion.

*

J'ai commandé un thé au citron et sorti mon dossier pour me donner bonne conscience mais rien ne capte mon attention. Entre les lignes de cette affaire banale, je lis une autre histoire : la mienne. Je m'invente une relation idéale où François et moi pourrions nous aimer en toute liberté. J'observe ma main gauche. Mon alliance a perdu sa brillance, comme mon mariage perd sa flamme chaque jour un peu plus. Cela fera onze ans en juillet. Je caresse mon anneau et pendant un instant, j'essaie de le retirer. Avec les années, mon doigt s'est épaissi et le symbole de mon union avec Michel ne franchit pas l'articulation de mon annulaire. C'est le moment que choisit François Renaud pour se planter devant moi. Je me lève d'un bond, heurtant la table. Le thé se renverse sur mon dossier. Merde !

— Bonté divine ! C'est ma faute, s'exclame-t-il.

Qui dit encore « bonté divine » à l'aube du XXIe siècle ? Sa réplique me fait sourire. Marion rira moins quand elle devra retaper ce courrier.

— Ce n'est pas grave, je vous assure, dis-je en essuyant les dégâts.

— Vous êtes certaine ? Vu l'épaisseur du dossier, ça a l'air important. Je vous demande pardon…

— Vous êtes pardonné. Je vous en prie, asseyez-vous. Je n'ai que peu de temps à vous consacrer.

— Francine… Accepteriez-vous que je vous appelle ainsi ?

— C'est mon prénom. En revanche, au cabinet, je préférerais qu'on s'en tienne à nos habitudes.

— Bien sûr. Francine, vous n'imaginez pas ma joie de vous trouver là. Je vous remercie d'être venue, dit-il en passant la main dans ses cheveux châtains.

— Vous avez écrit « juste une fois », alors me voilà.

— Vous êtes belle, je tenais à vous le dire.

Son compliment me touche. Pas très original, ma foi, mais audacieux de sa part.

— Je vous croyais timide, François…

— Je le suis mais je n'aurai que cette opportunité pour vous dire ce que j'ai sur le cœur, alors…

— Je vous écoute.

Pendant qu'il organise ses pensées, je prends le temps de l'observer. Sa bouche est parfaitement dessinée, elle recouvre une jolie dentition blanche et soignée. Il a de longs cils bruns et de grands yeux verts qui invitent au voyage. Il est rasé de près mais les pigments de sa peau laissent déjà deviner une ombre bleutée. Dans ma tête, je caresse son visage pour l'encourager.

— Francine, ne me demandez pas comment ni pourquoi j'en suis arrivé là, je me suis posé la question mille fois et je n'ai pas de réponse. Vous rappelez-vous l'inauguration du cabinet ?

— Oui, très bien, c'était il y a trois ans. Vous n'y étiez pas, si ?

— Si, j'étais présent mais j'étais un autre homme à l'époque, rongé par le désamour de mon épouse. J'ai perdu quelques kilos depuis. Et, sans le savoir, vous m'avez sauvé.

— Je ne comprends pas. Comment ai-je pu vous sauver ? Je n'ai même pas remarqué votre présence. J'en suis navrée.

— Ne le soyez pas. Il y avait beaucoup de monde et vous étiez très occupée. Quand je vous ai vue ce soir-là, j'ai eu un coup de foudre, avoue-t-il en rougissant. Le tout premier de mon existence. À plus de trente ans ! Je n'y croyais pas avant de vous rencontrer. Pour moi, le coup de foudre, c'était un truc de fille. Les hommes sont bien trop fiers pour admettre que cela peut leur arriver. J'aimais encore ma femme à l'époque mais je n'étais plus amoureux d'elle.

— Je vois ce que vous voulez dire…

— Francine, je sais que vous êtes mariée. J'ai lu la fierté dans les yeux de votre époux lors de cette inauguration. J'ai vu l'amour que vous portez à votre foyer. J'ai vu tout ça mais il fallait que je vous exprime mes sentiments. Nicolas a pourtant essayé de m'en dissuader…

— Nicolas Chamberlain ? Mon associé ?

— Oui, nous sommes amis depuis plusieurs années.

— Il ne m'a pourtant jamais rien dit de votre amitié.

— Nous nous sommes rencontrés dans des circonstances qu'il n'apprécierait pas que je vous dévoile. Mais nous sommes assez proches. C'est pour cette raison que mon épouse et moi étions à l'inauguration du cabinet, même si j'étais loin d'imaginer qu'il serait un jour l'avocat en charge de mon divorce.

— Vous insinuez qu'il est au courant de vos sentiments pour moi ?

— Je suis désolé si ça vous met mal à l'aise. Il fallait que j'en parle à quelqu'un. C'est sur lui que c'est tombé. Inconsciemment, j'espérais qu'il m'aide à me rapprocher de vous.

— Alors tous ces rendez-vous que vous avez ne sont qu'un prétexte pour me voir ?

— Oui, enfin non… Il y a tout de même une procédure en cours avec mon ex-femme. Mais je viens au cabinet le plus souvent possible uniquement pour vous croiser, c'est juste.

Ses propos me flattent et me touchent aussi. Il me fixe si intensément que je ne parviens pas à soutenir son regard, de crainte qu'il lise en moi comme dans un livre ouvert. La carapace que je me suis forgée depuis plusieurs années se fissure lentement. Quel bonheur de se laisser envahir par des sentiments si purs. Ses mots me font un bien fou.

— Francine, reprend-il. Loin de moi l'envie de vous offenser… Il me semble que, enfin… C'est peut-être juste une intuition. J'ai l'impression que… Roooh, je vais y arriver, oui ? Allez, lance-toi mon gars ! s'encourage-t-il. J'ai l'impression que vous n'êtes pas tout à fait indifférente à mon charme. Est-ce que je me trompe ?

— François, je suis désolée...

— J'ai compris. Vous ne ressentez rien et je suis purement et simplement en train de me ridiculiser, dit-il en se levant d'un bond, bousculant le garçon de café qui se dirigeait vers nous.

— Monsieur désire-t-il boire quelque chose ?

— Non, euh, si. Un café, s'il vous plaît. Oh et puis non, une bière pression. Euh non, finalement, je prendrai juste une eau pétillante avec une rondelle de citron.

— C'est votre dernier mot ? s'assure le serveur.

— Oui, un Perrier.

— Et pour madame, un autre thé ?

— Ça ira, je vous remercie.

Le garçon s'éloigne et François soupire en se rasseyant.

— Comme si ce n'était pas déjà assez difficile comme ça, bredouille-t-il pour lui-même... Oui, donc, je vous disais...

— La réponse à votre question est oui, François.

— Oui... C'est-à-dire ? Pourriez-vous être un peu plus explicite ?

— Vous me plaisez, François. Je ne peux le nier.

Ses yeux s'illuminent un instant mais mon enthousiasme n'est pas à la hauteur de ses espérances.

— Mais ?

— Comme vous l'avez si bien dit, je suis une femme mariée et je me déteste de devoir prononcer ces mots qui vont déchirer mon cœur et le vôtre. J'ai des enfants. J'ai un mari. Que j'aime malgré les épreuves. Il n'y a pas de place pour vous dans ma vie. Je suis sincèrement désolée.

— Je m'étais préparé à cette réponse, même si au fond de moi, j'espérais que vous seriez prête à chambouler votre destin amoureux. J'aurais tellement aimé qu'on puisse inventer un « nous ».

— Ces dernières semaines ont été un enchantement grâce à vos sourires, à vos regards, à votre parfum qui a embaumé mon cœur chaque fois que vous rendiez visite à Nicolas. Malheureusement, je ne peux rien vous offrir.

— Je comprends, murmure-t-il, déçu.

— Je suis désolée de vous avoir fait espérer quelque chose entre nous.

— Vous n'y êtes pour rien. Je vous aime, c'est tout. Vous ne m'avez rien demandé. C'est arrivé comme ça.

— Peut-être que je vous aime aussi au fond de moi mais je ne peux pas.

— Et une eau pétillante pour monsieur ! lance joyeusement le garçon.

Le silence s'invite à notre table et le brouhaha de la salle prend une dimension assourdissante. Mes jambes tremblent comme jamais et une détresse s'empare de moi. Je repense aux émotions des débuts avec Michel, à ces palpitations qui disparaissent au fil des années et de la passion qui s'estompe. C'est une rupture que je nous impose alors même qu'il ne s'est rien passé entre nous. J'aurais adoré qu'il soit mon amant.

J'aurais adoré être sa maîtresse. Mais je ne saurais le faire. Je ne veux pas devenir cette femme-là. Celle qui a une autre vie, qui trahit et qui blesse, qui engendre des souffrances. J'ai mis longtemps à me pardonner d'avoir fait du mal à Bruno. Je m'étais juré de ne plus jamais recommencer.

Les épaules de François se sont affaissées. Il boit une gorgée d'eau mais déglutit avec difficulté.

— Merci pour votre franchise, Francine.

— Je suis désolée, il ne peut en être autrement.

— Je préfère que vous le sachiez, vous oublier sera difficile.

— Vous êtes adorable, François, mais l'on ne se connaît pas. Si ça se trouve, vous ne pourriez pas me supporter.

— Qu'en savez-vous ?

— N'insistez pas, François. Je vous en supplie. Ces relations n'entraînent que des souffrances. Vous êtes quelqu'un de bien, vous méritez d'être heureux.

Sans réfléchir, ma main se pose sur sa joue. Ce n'est pas moi qui ai commandé ce mouvement. Instantanément, il pose la sienne par-dessus. Sa chaleur m'envahit, provoquant une sorte de vertige. Mes doigts glissent jusqu'à ses lèvres délicates. Elles sont si douces…

— Il vaut mieux ne plus se revoir, François.

Ce n'était qu'un chuchotement. Une voix intérieure me hurle : « Juste une fois, personne n'en saura rien ! » Je rassemble mes affaires. François reste muet, tétanisé par ce contact éphémère, le seul geste intime d'une relation qui aurait pu être belle. Je me redresse, tenant à peine sur mes jambes vacillantes. François lève vers moi un regard implorant. Dans ma tête, la voix répète « juste une fois ». Alors, je me penche vers François. Juste une fois. Mon visage se dirige lentement vers le sien. Mes mains s'agrippent à son cou. Mes lèvres se posent sur sa bouche et ma langue rencontre la sienne. Juste une fois. Ce petit manège dure quelques secondes qui semblent des heures.

Lorsque cesse le baiser, la magie s'évanouit. François a les yeux qui brillent. Des larmes s'échappent de mes paupières. C'est fini avant même d'avoir commencé. C'était merveilleux.

— François, c'était juste une fois. Je ne vous oublierai jamais. Merci de m'avoir aimée.

Je le laisse planté là, muet, et sans me retourner je quitte ces lieux qui ont été témoins de mon égarement. Le temps d'un baiser.

*

Une fois dehors, j'ai eu du mal à retrouver mes esprits. Je n'avais pas le cœur de retourner au cabinet. J'avais besoin d'être seule. J'ai pris la direction de la maison et j'ai longuement marché à travers la ville, me demandant si j'avais réellement vécu cette parenthèse enchantée. J'ai déchiré le mot de François et jeté, petit bout par petit bout, les morceaux de papier dans plusieurs poubelles : quinze exactement. Ainsi, j'ai disséminé son amour et détruit la preuve d'une histoire rapidement avortée.

En arrivant chez moi, j'ai pris une douche brûlante, comme pour laver les traces indélébiles du baiser. Un rêve. Un instant suspendu qui restera à jamais gravé dans ma mémoire de femme. Aujourd'hui, pour la première fois depuis bien longtemps, je me suis sentie vivante. Pour fêter cette renaissance, j'enfile une jolie tenue, me maquille plus que d'ordinaire en espérant que Michel sera sensible à mes efforts. J'ai besoin qu'il m'aime. Et j'ai besoin de transférer sur lui l'amour que j'ai failli donner à un autre. Il est temps de raviver nos sentiments. La routine est en train de semer la zizanie dans mon esprit et dans notre couple. J'aime mon mari. Il faut juste que je m'en souvienne.

Lorsque Michel et les filles sont de retour, le dîner est presque prêt. Michel ne cache pas sa surprise en me découvrant aux fourneaux. Les filles ne m'ont même pas vue, habituées qu'elles sont à filer dans leurs chambres dès qu'elles rentrent de l'école. Même l'odeur qui s'échappe du four dans lequel cuisent mes délicieuses lasagnes n'a pas réussi à les distraire.

— Tu as fait des lasagnes ? En quel honneur ? Ne me dis pas que j'ai encore oublié notre anniversaire de mariage ?

— Mais non, idiot ! On s'est mariés en juillet.

— Ah oui, c'est vrai. L'anniversaire de Sophie ?

— Arrête de dire des âneries. Tu connais parfaitement la date de naissance de tes filles.

— Est-ce qu'il est prévu qu'on sorte ?

— Je n'aurais pas cuisiné si on devait sortir...

— Mais alors, qu'est-ce qui se passe ? demande-t-il en m'entourant de ses bras. Tu t'es mise sur ton trente et un.

— Ravie que tu le remarques.

— Hum, tu sens bon en plus, ajoute-t-il en m'embrassant dans le cou. Tu es sûre que tu t'es faite belle pour moi ?

— Ne dis pas de bêtise, Michel. Pour qui d'autre, enfin ? réponds-je en pensant à François.

— Tu crois qu'on aurait le temps d'un câlin pendant que les filles terminent leurs devoirs ? suggère-t-il en glissant ses mains sous ma robe.

— Michel, arrête... Tu sais bien qu'elles seront là d'une minute à l'autre.

— Alors, je veux un rendez-vous pour ce soir, d'accord ? murmure-t-il au creux de mon cou, provoquant de délicieux frissons.

— Bien, monsieur Rolland, acquiescé-je en lui donnant un baiser prometteur.

Nous dînons en famille, dans la joie et la bonne humeur. Chacun relate sa journée. Sophie, plus loquace que sa grande sœur, n'oublie aucun détail. J'essaie de me concentrer sur ses propos mais mon esprit s'égare.

— Maman, tu m'écoutes ?

— Oui, oui...

— Et je disais quoi ?

— Tu m'expliquais que madame Pinchon t'avait félicitée pour ta dictée.

— Ça, c'était avant... Là, je te disais qu'Émilie a embrassé Cédric sur la bouche, avec la langue.

— Ah bon ? m'écrié-je, doublement étonnée.

— C'est fou ce que tu l'écoutes… remarque Michel qui feuillette le journal.

— Tu veux toujours ta consultation, ce soir ? Alors, pas de commentaire ! Et donc, cette Émilie, elle embrasse régulièrement les garçons ?

— Que ceux qui veulent… Les autres, ils disent que c'est dégueu.

— Émilie est une sacrée coquine, commente Michel. Je t'interdis d'embrasser les garçons avant ta majorité. Et c'est valable pour toi aussi, Claire. Compris ?

Claire secoue la tête. Bientôt, elle ne sera plus une petite fille. Depuis l'été dernier, je ne suis plus autorisée à la voir nue. Son corps a déjà amorcé sa transformation, sa poitrine commence à se développer. Il va falloir que nous ayons une conversation entre femmes un de ces jours. Je ne l'ai pas vue grandir. J'ai un pincement au cœur.

— Papa plaisante, chérie.

— Euh, pas tant que ça… ajoute Michel.

— Allez, vous m'aidez à débarrasser et ensuite, dans vos chambres !

— Mais Maman, pour une fois que tu es là, on ne peut pas en profiter un peu ? se révolte la plus grande.

Michel qui a un tout autre programme me fait de grands signes.

— Bon d'accord, dis-je contre son gré. Ce soir, exceptionnellement, vous pourrez vous coucher à neuf heures.

— Quoi, c'est tout ? C'est comme d'hab' en fait… râle Claire.

— Ce n'est pas « comme d'hab' » et on ne négocie pas ! conclus-je, autoritaire.

*

Les filles ont grappillé quelques minutes supplémentaires durant lesquelles leur père est allé se doucher. Ce soir, nous nous sommes promis de ne pas toucher à nos dossiers respectifs. J'ai oublié un moment le cabinet, mais pas encore mon entrevue avec François.

Le téléphone sonne. C'est sûrement Maman. Elle m'appelle quasiment tous les jours depuis que Christian a quitté la maison. Mon frère s'est marié en janvier dernier. Tout est allé très vite avec Laura, rencontrée quelques mois plus tôt lors d'un repas d'affaires. Ils habitent maintenant en banlieue sud de Paris, au grand désarroi de ma mère qui se retrouve de nouveau seule chez elle. Déjà, lorsque nous étions repartis dans notre appartement, plus d'un an après la mort de papa, elle avait frôlé la dépression. Je lui ai proposé de venir habiter avec nous, notre maison est assez grande pour l'accueillir. Mais, allez savoir pourquoi, elle ne veut pas en entendre parler.

— Allô !

— Tu ne connais pas la dernière ?

— Bonsoir, Maman. Alors, quelle est cette info qui t'empêche de me dire bonsoir comme toute personne bien éduquée.

— Ton frère est enceinte !

— Tu veux dire que Laura est enceinte.

— Évidemment, c'est ce que je te dis ! Je viens de raccrocher avec lui. Le bébé est pour le mois de septembre.

— Déjà ?

— Ils n'ont pas chômé. Si ça se trouve, elle était enceinte avant de se marier. Plus rien ne me choque.

— Merci pour la surprise. Il avait peut-être envie de me l'annoncer lui-même.

— Oh mince ! Je n'y ai pas pensé... Bon, tu le gardes pour toi. Tu feras semblant de le découvrir quand il te le dira, d'accord ?

— Promis ! J'espère que tu es contente.

— Oui, non. Avec ton frère, on peut s'attendre à tout.

— Christian est sérieux, maintenant. Ils sont mignons tous les deux. Et puis, il est trentenaire, c'est l'âge de raison.

— Si tu le dis ! Ah, avant que j'oublie, hier soir, Patricia a téléphoné. Elle voulait ton numéro.

— Patricia qui ?

— Tu en connais plusieurs ? La marraine de Sophie, pardi !

— C'est étrange, elle se rappelle qu'on existe, tout à coup...

— Francine, arrête tes enfantillages !

— C'est à moi que tu dis ça ?

— Ça avait l'air important mais elle ne m'a pas dit de quoi il s'agissait. Consulte ton répondeur, elle t'a sûrement laissé un message.

— Je n'ai pas envie ce soir, ça attendra.

— Bon, je te laisse, il y a *Côte Ouest* à la télé.

— Ça existe encore ?

— Oui, et j'adore ! Embrasse les enfants. Bonne soirée.

— Merci...

Mais elle a déjà raccroché.

*

En effet, le répondeur clignote. Plusieurs messages sont en attente. Je n'ai pas la tête à ça. J'ai d'autres projets plus sympathiques. Je n'entends pas Michel arriver derrière moi.

— Je suis prêt, annonce-t-il, vêtu de son peignoir, charentaises aux pieds.

J'explose de rire. Je monte embrasser les filles. Elles ont chacune leur chambre mais il n'est pas rare que la petite rejoigne la grande pendant la nuit. Je préfère ça plutôt qu'elles viennent se faufiler entre Michel et moi. Sophie, à l'opposé de Claire, a mis des mois, voire des années, à faire ses nuits. Elle a seulement commencé à bien dormir lorsque nous lui avons installé un grand lit. Peut-être était-elle oppressée par les barreaux.

Alors qu'elles rechignaient à aller se coucher, les filles dorment déjà. Je libère notre vieux Giscard qui miaule devant la porte. Michel et moi avons toute la nuit pour nous.

Il y avait longtemps que ma libido n'était plus au rendez-vous. Ce soir, pourtant, je me sens différente, galvanisée par le baiser échangé cet après-midi. Michel ne se doute de rien. Je suis une autre femme. J'ai l'impression de revenir huit ans en arrière quand je pensais qu'il me trompait avec la fille de la bibliothèque. J'étais enceinte de Sophie. Je m'en souviens comme si c'était hier.

Michel m'attend sur le canapé mais je préfère monter dans notre chambre : faire l'amour là où les filles se vautreront demain pour regarder la télé ne m'enchante pas.

Dans l'intimité de notre lit, j'implore Michel de ralentir la cadence. Je veux qu'on prenne notre temps et savourer chaque instant. J'essaie de chasser l'image de François qui, régulièrement, s'invite dans mon esprit. La culpabilité me saisit. Est-ce normal de faire l'amour avec son mari et de penser à un autre ?

*

Essoufflés et silencieux, nous restons blottis l'un contre l'autre, incapables de nous détacher. Je suis heureuse, je me sens bien. C'était comme avant, quand on s'aimait vraiment. Michel me serre un peu plus fort, comme si je pouvais lui échapper.

— Francine… Tout va bien ? Est-ce que tu me caches quelque chose ?

— Pourquoi tu dis ça ?

— C'était trop bon. Anormalement bon. Ça faisait belle lurette qu'on n'avait pas fait l'amour comme ça.

— Quel romantisme ! C'est vrai que c'était bon, mais je te rassure, je ne te cache rien. Tout va bien.

Ma réponse semble le satisfaire. Son souffle s'apaise, et, alors que je le crois endormi, il murmure :

— Francine, ma chérie, et si on faisait un troisième ?

*

J'aime arriver tôt au bureau, quand tout est calme. Je dispose d'une bonne heure avant que les locaux ne s'animent. Cela me permet de prendre connaissance des derniers messages, de m'avancer au maximum sans être interrompue toutes les deux minutes par la sonnerie du téléphone.

Michel veut un autre enfant. Enfin, plus précisément, il veut un garçon. Comment un homme aussi intelligent peut-il être aussi arriéré à ce sujet ? Moi, je n'ai pas envie d'un autre enfant. J'ai déjà du mal à m'occuper de mes filles. Et puis, je suis au summum de ma carrière. Les affaires se succèdent, nous remportons de nombreux procès. En seulement trois ans, l'étude s'est fait un nom. Comment ferais-je avec un bébé ? Moi qui me réjouis de voir les filles grandir et devenir chaque jour un peu plus autonomes. Par principe, j'ai dit à Michel que j'y réfléchirai. Mais c'est tout vu.

J'ai l'impression de m'être absentée plusieurs jours alors que j'ai seulement quitté le bureau plus tôt hier soir. Je paye cher ma petite distraction avec François. Marion m'a laissé une vingtaine de messages.

L'un d'entre eux est entouré, souligné, surligné : « Rappeler d'urgence Patricia Gilquan, c'est personnel et urgent. »

Qu'est-ce qu'elle peut bien me vouloir, à la fin ? Agacée, je compose son numéro sans même me soucier de l'heure qu'il est. Après quelques tonalités, une petite voix décroche. C'est ma filleule. Elle a douze ans.

— Bonjour, Gaëlle. C'est marraine.

— Ah… Bonjour. Comment ça va ?

— Très bien et toi ? Tu ne vas pas à l'école ?

— Je commence à dix heures. C'est le téléphone qui m'a réveillée.

— Oh, pardon…

— C'est pas grave, marraine. Et Claire ? Et Sophie ? Ça fait super longtemps qu'on s'est pas vues…

— Tu as raison, ma puce. Il faudrait qu'on organise un dîner. Est-ce que maman est là ? demandé-je en espérant sincèrement qu'elle me réponde que non.

— Je ne sais pas… MAMAAAANNNN ! hurle la gamine. Elle est là ! Je te la passe ! Salut !

Merde, merde, merde, je n'avais pas prévu ça. Qu'est-ce que je vais lui dire ?

— Bonjour, Francine, lance Patricia d'une voix parfaitement normale, comme si jamais rien n'avait eu lieu. Si tu ne me rappelais pas, je déboulais à ton cabinet.

— Que se passe-t-il, Patricia ? Pourquoi tu me cherches partout ? Je croyais qu'on s'était tout dit…

Un silence s'installe. J'en viens à penser que la communication a été coupée quand je perçois des sanglots à l'autre bout du fil.

— Patricia, peux-tu m'expliquer ce qui se passe, bon sang ?

— Ce n'est pas facile... C'est Danielle... Elle est mourante.

Le combiné m'échappe des mains et se fracasse par terre. Me reviennent en tête mes échanges avec Marion, avant de partir au café pour mon rendez-vous secret avec François : « *Attendez, maître, Daniel Courtier est en ligne. Apparemment, c'est vital. Pourriez-vous prendre l'appel ?* » J'avais cru que Daniel était un homme. Courtier est le nom de Pascal, son mari. Je n'avais fait aucun rapprochement avec « ma » Danielle. Quelle idiote !

— Francine, tu es toujours là ?

— Oui, désolée. C'est le choc. J'ai lâché le téléphone. Danielle a essayé de me joindre hier mais je n'étais pas disponible.

— Tu n'es jamais disponible, Francine ! lance-t-elle sur le ton du reproche. Danielle veut nous réunir. Elle est sous morphine. Si elle tient jusqu'à la fin de la semaine, ce sera un miracle. Nous devons la rejoindre au plus vite.

— Qu'est-ce qu'elle a ?

— Cancer du sein. Les poumons sont atteints. C'est fini pour elle. Les médecins ne peuvent plus rien, c'est trop tard.

— Laisse-moi digérer l'information...

— Notre meilleure amie va mourir, et toi, tu as besoin de digérer l'information ? On n'a plus le temps, là... Francine, je descends à Lyon cet après-midi, est-ce que tu viens avec moi, oui ou non ?

— Aujourd'hui ?

— Cet après-midi, c'est aujourd'hui, en effet ! s'écrie-t-elle sarcastique. Nous réunir toutes les trois est sa dernière volonté. Alors, tu fais quoi, maître Rolland ?

Sa tirade est pleine de sous-entendus. Tout se met à tourner autour de moi. Ma vue se brouille. Mes oreilles sifflent et mon cœur étouffe.

— D'accord, je viens avec toi, finis-je par bredouiller.

*

Patricia m'a donné rendez-vous à midi devant la gare de Lyon. J'ai dû annuler tous mes rendez-vous, Marion était furieuse : « Les clients vont râler s'ils attendent des semaines pour obtenir un rendez-vous qu'on annule la veille... C'est toujours à moi que revient le sale boulot », a-t-elle marmonné assez fort pour que je l'entende. Je n'ai même pas osé lui parler du courrier qu'elle devrait retaper. Elle en fait déjà beaucoup, je l'admets. Il faudra que je lui donne une prime pour la récompenser de son travail. Elle le mérite. Me supporter n'est pas une mince affaire, j'en conviens.

J'ai tout juste le temps de rentrer chez moi pour préparer un bagage et j'ai prévenu Michel que je partais un jour ou deux. De toute façon, même en temps normal, je suis si peu présente que les filles se rendront à peine compte de mon absence.

Dans la voiture, Patricia et moi parlons peu. Nous nous comportons comme deux inconnues qui partagent un trajet pour des raisons purement économiques. Malgré tous les bons moments que nous avons vécus, il m'est difficile d'oublier pourquoi nos chemins se sont séparés. Je suis plutôt rancunière.

Patricia, Danielle et moi nous connaissons depuis le cours préparatoire. À l'école élémentaire puis au collège, nous avons quasiment toujours été dans les mêmes classes. Nous devions être en CM1, je crois, lorsque nous avions fait ce pacte : « Rester amies toute la vie. » D'après Danielle, nous devions le respecter coûte que coûte. Je comprends mieux pourquoi elle veut nous réunir avant son départ. Au lycée, passées les premières querelles généralement liées aux garçons, nous sommes devenues inséparables, jamais très éloignées les unes des autres. Ensuite, nous avons pris des chemins différents. Patricia n'a pas eu son bac, Danielle était une artiste. Moi, je me suis inscrite en médecine puis en droit. Mais on a continué de se voir chaque fois que nos emplois du temps le permettaient. On se marrait bien.

Le clash a eu lieu en 1984. J'étais encore stagiaire chez Deloite et comme c'était souvent le cas, mon patron m'avait invitée à déjeuner avec un confrère, ce jour-là. Nous étions attablés au Café des Marronniers, dans une salle bondée d'hommes en cravate, quand j'avais aperçu André, le mari de Patricia, en charmante compagnie. Je n'avais pas pu m'empêcher de les observer discrètement pendant le repas. Sa main qui s'égarait sur celle de sa convive et ses regards sans équivoque étaient la preuve de son infidélité. André avait une liaison. Au départ, je n'avais rien dit à Patricia, pour ne pas la blesser. Mais cette trahison m'obsédait, m'empêchant même de trouver le sommeil. Je m'étais donc confiée à Danielle qui m'avait alors sommée de garder le silence. Ce n'étaient pas mes affaires. Dans la vie d'un couple, ces choses peuvent arriver, j'étais bien placée pour lui donner raison après ce que j'avais vécu enceinte de Sophie. Les mois étaient passés. J'avais presque oublié ce dont j'avais été témoin, me convainquant que ce n'était pas André que j'avais vu au Café des Marronniers. J'avais dû me tromper. On a tous des sosies qui se promènent dans le monde, n'est-ce pas ?

L'année d'après, Danielle était venue rendre visite à ses parents à Paris. Nous avions coutume de déjeuner ensemble chaque fois qu'elle montait. C'est ce jour-là que notre amitié avait explosé. Le bonheur factice de Patricia me tapait sur le système, et sans aucun ménagement, sans doute parce que nous avions un peu forcé sur le vin, j'avais balancé tout ce que j'avais sur le cœur : le manque d'indépendance de Patricia qui ne travaillait pas et vivait aux crochets de son riche mari infidèle, Danielle qui menait une vie de bohème avec Pascal sans être foutue de se stabiliser ni de fonder une famille… J'avais poussé le bouchon jusqu'à dire que de nous trois j'étais celle qui avait le mieux réussi. J'avais été absolument odieuse. Détestable. Après avoir déblatéré mes horreurs, j'en avais pris pour mon grade : je n'étais qu'une égoïste, jalouse et menteuse, au lieu de critiquer, il fallait que je prenne conscience de ce que j'étais réellement, une femme indigne qui obligeait son mari à s'occuper de ses enfants pendant qu'elle ne pensait qu'à sa brillante carrière d'avocate. Furieuse, j'avais quitté la table en jurant de ne plus jamais les revoir.

Quelque temps plus tard, l'eau avait coulé sous les ponts. J'avais décidé de les convier à l'inauguration de notre étude. Peut-être avais-je simplement envie de leur prouver qu'elles s'étaient trompées et que j'avais atteint mon objectif. Mais aucune des deux n'avait répondu à mon invitation. J'en avais conclu qu'elles avaient décidé de sortir de ma vie pour toujours… jusqu'à cet appel de Patricia.

*

Dans l'habitacle, le silence est lourd malgré la radio. Patricia écoute NRJ, enfin, quand l'antenne veut bien capter le réseau hertzien. Freddie Mercury, Madonna, Michael Jackson… je n'écoute pas tous ces artistes. Ce n'est pas que je ne les apprécie pas, mais je n'ai pas le temps pour ces choses-là. Je m'aperçois qu'à part mes dossiers, peu de choses m'intéressent. Je n'ai aucune distraction.

Le ciel s'est obscurci. Les nuages noirs m'oppressent. On dirait qu'ils font la course avec nous. Patricia roule pied au plancher, prenant sa Peugeot 106 rouge pour une Ferrari. Si nous arrivons à Lyon entières, ce sera un miracle.

— Tu devrais ralentir, à moins que tu n'aies décidé de nous tuer.

— Tu n'as pas tort, admet-elle. J'ai peur de ne pas arriver à temps.

— Elle va si mal que ça ?

— Je dois vraiment répondre à cette question ? demande-t-elle en m'assassinant du regard.

— S'il te plaît, regarde la route. C'est un vrai cauchemar.

— Tout cela est bien réel. Écoute, Francine, donnons à Danielle l'impression que nous avons profité du trajet pour nous réconcilier, d'accord ? Une fois que nous l'aurons vue, nous ne serons plus obligées de faire semblant et pourrons reprendre nos vies chacune de notre côté.

— Tu as raison.

Mon cœur se serre. Je ne sais plus rien de leur vie. Nous sommes devenues des étrangères. Au fond de moi, j'aurais aimé qu'on fasse la paix, mais je ne parviens pas à m'excuser.

— Comment va Gaëlle ?

— Gaëlle va bien… Elle n'a pas compris, tu sais, pourquoi, du jour au lendemain, elle n'avait plus de nouvelles de sa marraine.

— Je peux en dire autant pour Sophie.

— Sophie est plus petite. J'imagine qu'elle ne se souvient même pas de moi. Tu aurais pu me donner ton adresse, quand vous avez déménagé, je lui aurais envoyé des cartes, des cadeaux...

— Tu as su trouver ma mère pour me téléphoner. Tu n'a pas dû beaucoup chercher.

— Voilà, tu recommences. Toujours des reproches ! Tu ne sais que balancer des vacheries. Excuse-moi de te le dire, mais ton métier d'avocate t'a rendue conne. Toujours agressive, sur la défensive, à faire des objections lamentables, à contredire tout ce qu'expriment les autres. Je m'étais juré de ne pas m'énerver mais t'es vraiment chiante !

— Tu peux rester polie, s'il te plaît ! Je suis comme je suis.

— Tu n'étais pas comme ça, avant. Tu étais cool, altruiste, généreuse, tu étais drôle. Qu'est-ce qui t'es arrivé ? C'est de fréquenter un prof qui te rend aussi...

— Si tu continues, je descends à la prochaine station-service et tu iras voir Danielle toute seule. Je ne suis pas là pour me faire insulter, ni mon mari.

— Désolée, je suis au bout du rouleau... Comprends-moi.

— Ce n'est pas une raison ! Si nous devons avoir l'air rabibochées, il faudrait plutôt que tu me racontes ta vie.

— Et toi, la tienne.

— OK. Michel va bien. Il est devenu directeur d'université. Toujours à la Sorbonne. Les filles aussi sont en pleine forme. Elles sont mignonnes. Et moi, j'ai mon cabinet depuis trois ans, mais tu le sais déjà puisque je t'ai envoyé un carton d'invitation pour l'inauguration.

Autrement dit, si elle avait vraiment voulu me voir, elle savait où j'étais.

— Ça se passe bien, continué-je. Le cabinet fonctionne à merveille. Voilà, tu sais tout. Comme tu peux le constater, il n'y a rien de spécial. La routine…

— Et ton frère, il a fini par trouver chaussure à son pied ?

— Oui, il s'est marié en janvier et sa femme est enceinte.

— Incroyable ! Que de bonnes nouvelles. Il est toujours aussi beau ?

— C'est mon frère, je ne suis pas très objective. Pour moi, il n'est qu'un petit con coureur de jupons. Je suis presque étonnée qu'il ait épousé Laura. Elle ne correspond pas du tout à son modèle féminin. J'espère que leur mariage durera sinon ma mère fera une syncope.

— Elle avait l'air bien, au téléphone, l'autre soir…

— Ça va. Je crois qu'elle a fini par surmonter la mort de mon père. Ça a pris du temps. Elle travaille à la mairie du XVIe grâce à une relation de mon père qui l'a pistonnée. Ça lui change les idées.

— Elle n'a personne ?

— Pas que je sache.

— C'est dommage.

— C'est la vie. Et toi ?

Patricia soupire. Une averse s'abat violemment sur le pare-brise. Un nuage se vide au-dessus de nous. Douche froide.

— Gaëlle est au collège. Elle est brillante, pas comme moi. C'est la première de sa classe. Je suis fière d'elle, si tu savais…

— Elle doit tenir de sa marraine.

— Sans doute, acquiesce Patricia sans réagir à mon humour pitoyable. Je n'ai pas réussi à avoir un autre enfant, après elle. J'ai fait des recherches, pourtant, tout est normal.

— Tu es encore jeune, ça va venir…

— De toute façon, ça n'a plus d'importance. Nous avons divorcé, ajoute-t-elle après un bref silence. Tu avais raison, Francine. André me trompait.

— Je suis vraiment désolée, Pat.

— Non, c'est moi qui le suis… Je n'ai pas voulu t'écouter. J'étais dans le déni total pendant des années.

— Comment tu l'as su ?

— De la pire des manières. Sa maîtresse avait volontairement laissé une petite culotte sous mon oreiller. Il baisait avec elle dans notre lit. Tu te rends compte ? Ça les excitait de savoir que je pouvais les surprendre. Complètement tordus l'un et l'autre, je te jure. Quand j'ai trouvé la culotte de la demoiselle, enfin plutôt le minuscule bout de tissu, j'ai pété les plombs. André a eu le droit à une scène sans précédent. Gaëlle nous a entendus hurler dans la maison. La honte, dit-elle en essuyant ses larmes de colère. J'étais hors de moi. Je m'en veux tellement que Gaëlle ait subi tout ça.

— Quel fumier ! Je suis vraiment désolée. Je sais combien tu l'aimais. N'importe qui aurait réagi comme toi.

— Je l'ai mis à la porte, sauf que c'était sa maison, pas la mienne. J'ai dû partir et dégoter un job alimentaire : caissière dans une supérette. Je vis dans un petit appart proche de notre ancien chez-nous. C'est plus simple pour la garde alternée de Gaëlle. C'est sans doute pour ça que je n'ai pas reçu ton invitation pour l'inauguration de ton cabinet. Il ne me l'a pas donnée, ce connard. Je serais venue, sinon...

— Ah... Je croyais que... Et Gaëlle, elle le vit comment ?

— Ça va. De nous trois, c'est elle qui fait preuve du plus de maturité. Elle est géniale, cette gamine. Tu sais, je voulais t'en parler, mais...

— Tu aurais dû. J'aurais pu t'aider.

— Je n'en doute pas, Francine, mais après toutes les vacheries qu'on s'était envoyées, je n'ai pas osé. C'était trop difficile.

— Ces vacheries, je les avais méritées. Tout ce que vous avez dit sur moi est la pure vérité.

— Et dire que pendant tout ce temps perdu à se faire la gueule, Danielle, elle, se battait toute seule contre la maladie. On s'appelle de temps en temps. André me verse une pension minable et j'ai du mal à joindre les deux bouts, alors j'ai limité nos conversations téléphoniques pour ne pas avoir à payer des factures trop salées. Jamais elle ne m'a parlé de son cancer. Pour me préserver, sans doute. Comme je m'en veux.

— Pat, cesse de pleurer. Déjà qu'avec la pluie, on n'y voit rien... Arrêtons-nous à la prochaine aire de repos. Tu conduis depuis trois heures, il est temps de faire une pause.

— Tu as raison… comme toujours. En plus, je dois faire le plein.

— C'est moi qui paye.

— Hors de question !

— Ça suffit, Patricia. Je paye l'essence, c'est la moindre des choses. Ce n'est pas négociable, un point c'est tout.

— Bon, comme tu voudras. Je commence à avoir un petit creux. Pas toi ?

— Je n'ai rien avalé depuis hier soir, alors oui, moi aussi, je mangerais bien quelque chose.

Lorsque la Peugeot 106 s'arrête à la station-service, la pluie a cessé de tomber. Un semblant d'éclaircie perce les nuages. Nous nous extirpons du véhicule avec difficulté. Mes jambes sont engourdies et endolories, mes lombaires me lancent. Je m'étire bruyamment de tout mon corps et ne vois pas Patricia se diriger vers moi pour me prendre dans ses bras. J'ai du mal à entendre les paroles qui peinent à franchir sa gorge, secouée de sanglots, mais je comprends qu'elle s'excuse. J'entoure sa taille menue de mes bras et la laisse évacuer ses larmes qui baignent mon cou.

— On devrait toujours accepter d'écouter ce que nos amis ont à nous dire… même si ce sont des vérités qui font du mal. Je te demande pardon, dis-je en pleurant avec elle.

Nous restons collées l'une contre l'autre un bon moment, suscitant les regards curieux des autres automobilistes. Maintenant que nous nous sommes retrouvées, l'heure est venue de rejoindre notre amie pour l'accompagner vers l'éternité.

13.

Juillet 2018
Il pleut des cordes !

— Tu pleures, Francine ?

— Je ne m'en suis pas rendu compte... Je pensais à Danielle, tu te souviens d'elle ?

— Ta copine qui est morte d'un cancer ?

— Exactement.

— Ça fait trente ans et tu chiales ? D'autres gens sont morts, depuis...

— Que tu es con, Michel !

— Eh bien, je dois dire que tu es en forme, ce soir, lança-t-il ironiquement. C'est ma fête !

— Avez-vous choisi ? nous interrompit Sergio muni de son carnet et de son crayon.

— Je vais prendre un café gourmand, répondit Michel.

— Rien pour moi, merci. Je n'ai plus d'appétit.

— Vous avez une petite mine, si je peux me permettre.

— Ce n'est rien, des vilains souvenirs qui remontent, dis-je pour le rassurer.

— Sa copine est morte... lança Michel.

— Toutes mes condoléances, madame.

— Il y a trente ans, ajouta Michel, sur un ton sardonique.

Sergio nous regarda à tour de rôle, ne sachant plus quoi dire.

— Michel, par pitié, boucle-la !

— Vous entendez comme elle me parle ? Vous croyez qu'elle veut divorcer ? À notre âge ?

— Je ne suis plus là ! s'écria Sergio avant de s'éclipser.

14.

Avril 1990
Le ciel pleure

— Merci d'être venues, nous accueille Pascal dans le couloir de l'hôpital, la mine grave.

Je ne l'avais plus revu depuis notre mariage. Il n'a presque pas changé. Il a toujours la même tignasse en guise de cheveux, sa barbe de baroudeur et son bâton de réglisse dans la bouche. À l'époque, c'était pour arrêter de fumer. Aujourd'hui, je présume que c'est un moyen pour évacuer son stress. Il est grand et mince. Il ne s'est pas empâté comme tous ces hommes qui, une fois casés, ne prennent plus soin de leur corps. Toutefois, son regard montre une grande fatigue. La maladie de sa femme se lit sur ses traits. Le combat a dû être éprouvant.

Près de lui se tient un couple de personnes âgées. Lorsque Patricia les embrasse, je comprends qu'il s'agit des parents de Danielle. Je les voyais régulièrement quand nous étions enfants, lors des goûters d'anniversaire ou à la sortie de l'école. Enfin, surtout sa mère. Jamais je ne les aurais reconnus. C'est là que je me rends compte à quel point le temps a filé. Il n'accorde aucun répit à personne. Le temps est assassin dans bien des domaines.

— Bonjour, Francine, dit-elle d'une voix chevrotante.

— Bonjour, Geneviève, je suis désolée pour votre fille.

— C'est tellement difficile. Perdre son enfant n'est pas dans l'ordre des choses. Je donnerais n'importe quoi pour prendre sa place.

— Je me doute.

— Allons, ma chérie, nous devons être forts, la soutient son époux. Elle ne veut pas nous voir pleurer, tu le sais.

— Je sais, Robert, je sais. Mais mon chagrin est si lourd, je n'arrive plus à le cacher.

— Ne tardez pas, elle est à bout de forces, remarque Pascal en se tournant vers nous. Maintenant que vous êtes là, il faut que vous ayez le temps de lui parler. Elle attend ce moment depuis longtemps.

De l'autre côté de la porte, notre amie vit ses derniers instants. Il faut que nous soyons prêtes à affronter le pire. Avant de pénétrer dans la chambre, nous prenons une grande inspiration. Patricia attrape ma main, ce que nous découvrons nous glace le sang. Danielle, sans cheveux, sans sourcils, les yeux clos dépourvus de cils, somnole sous un drap qui ne parvient pas à dissimuler la maigreur de son corps. Elle est branchée de partout, reliée à des machines qui bipent dans tous les sens.

La voir comme ça me brise le cœur. Mes paupières se remplissent de larmes. La main de Patricia broie littéralement la mienne. Sa douleur s'exprime par ce geste qui nous unit. Ensemble, nous nous approchons du lit. Danielle perçoit une présence et tourne lentement la tête vers nous. Son regard, seule partie de son corps restée intacte, s'illumine en nous voyant à son chevet. Instantanément, elle tente d'arracher son masque à oxygène.

— Non, ne touche pas à ça, tu en as besoin, scande Patricia.

— Salut les minettes, parvient-elle à articuler.

C'est comme ça qu'on s'appelait quand on était gamines. Je sors mon paquet de mouchoirs. À partir de maintenant, je sais que je ne pourrai plus cesser de pleurer. J'en propose un à Patricia qui vient de s'essuyer le nez sur la manche de son chemisier avant de bredouiller :

— Dany, pourquoi tu ne nous as rien dit ?

— Vous vouliez vraiment voir ça ?

— On aurait pu te soutenir davantage...

— Je n'avais pas besoin d'aide. Je suis très bien entourée. Pascal ne m'a pas quittée une seconde et mes parents sont venus vivre à Lyon dès qu'ils ont su pour ma maladie. Je pensais remporter le combat. Visiblement, j'ai perdu.

Danielle commence à tousser. Ses parents et Pascal débarquent en trombe dans la chambre.

— Ça va... cherche-t-elle à nous rassurer après sa quinte de toux.

Mais nous savons bien que rien ne va plus. Ses constantes font des embardées bizarres.

— Calme-toi, ma douce, s'écrie Pascal en saisissant sa main. Attends encore un peu, je t'en supplie. Ne me laisse pas. Pas tout de suite…

— Sais-tu quel sera mon plus grand regret, mon amour ? C'est de ne pas avoir eu d'enfants de toi. J'aurais aimé qu'ils te ressemblent.

— Ils auraient été trop tristes de perdre leur maman… répond Pascal, en pleurs.

— Peut-être que tu as raison. Alors, c'était un signe de ne pas en avoir eu. C'était mon destin. Je t'en prie, refais ta vie. Tu sais rendre les gens heureux. J'ai été tellement chanceuse de t'avoir près de moi. Je t'aime, chuchote-t-elle.

— Chut… s'il te plaît… Tu dois te reposer, l'implore Pascal.

Mais Danielle ne l'écoute pas et s'adresse maintenant à ses parents.

— Papa, Maman, vous êtes les meilleurs parents que je pouvais espérer. Vous m'avez toujours laissée être celle dont j'avais envie. Je vais me faire pote avec Dieu, et quand votre tour viendra, je serai là pour vous accueillir au paradis. Ne me pleurez pas longtemps, c'est compris ? Parce que je serai toujours là, près de vous.

— Dany chérie… Ne dis pas ça… c'est trop difficile.

— Merci à vous tous d'être près de moi. Mourir entourée des gens qu'on aime n'a pas de prix. Je remercie je-ne-sais-qui de m'avoir permis de vous dire combien vous comptez à mes yeux. Mes minettes, vous avez égayé ma jeunesse. Je vous ai toujours adorées. Rappelez-vous notre pacte, bredouille-t-elle en levant légèrement le bras.

Patricia et moi prenons sa main glacée. Sa peau est si fine qu'on voit ses veines en transparence. Tout le monde pleure autour d'elle. Danielle nous regarde à tour de rôle, une larme roule sur sa joue. Derrière son masque se dessine un sourire. Ses paupières se ferment. Elle inspire profondément pour reprendre son souffle puis expire une dernière fois. Les bips s'ébranlent. Les battements de son cœur ralentissent, puis cessent. C'est fini. Danielle est morte.

*

Nous n'avions pas imaginé un seul instant que Danielle puisse nous quitter si rapidement. On venait à peine de pénétrer dans sa chambre. À croire qu'elle n'attendait que nous pour tirer sa révérence, s'assurer que tout redeviendrait comme avant et s'éteindre paisiblement. Paisiblement, un bien grand mot.

De toute évidence, il n'est plus question de rentrer à Paris. Pas avant que tout soit terminé. André accepte de s'occuper de Gaëlle, même si ce n'est pas sa semaine. Et comme Patricia n'a pas pris de congés depuis les vacances de Noël, son patron lui a consenti quelques jours pour « enterrer son amie ». J'ai moi aussi pris mes dispositions, à la surprise générale. Quand j'ai téléphoné à Marion pour lui indiquer le prolongement de mon absence, elle m'a demandé ce qui pouvait être si grave pour que je ne vienne pas au cabinet pendant plus de vingt-quatre heures. Je ne manque jamais un seul jour, sauf quand des raisons professionnelles me tiennent éloignée du bureau, autrement dit quand je plaide au tribunal. Même quarante de fièvre ne m'empêchent pas de me rendre à l'étude. Pour satisfaire la curiosité de Marion, je lui réponds simplement qu'il y a eu un décès dans ma famille mais que je ne souhaite pas que cela s'ébruite. Je lui laisse le numéro de téléphone du domicile de Pascal en cas de nécessité absolue. J'ai à peine raccroché que le téléphone sonne. C'est mon associé au bout du fil.

— Marion n'a rien voulu me dire. Cela n'a rien à voir avec moi, hein ? s'inquiète Nicolas.

— M'enfin Nico, que vas-tu t'imaginer ? J'ai perdu une amie d'enfance. Je ne suis pas certaine de t'avoir déjà parlé d'elle, elle s'appelle Danielle. Je soutiens sa famille. La cérémonie aura lieu samedi. Je serai de retour lundi.

— Aucun problème, Francine. Tu n'as pas à te justifier. Je me faisais des films. Tu as disparu sans rien dire, l'autre jour. J'ai cru que… Bref, je comprends mieux maintenant. Prends tout le temps qu'il te faudra. Je t'embrasse. Courage.

Si les mots de mon collaborateur me réconfortent, je ne peux pas en dire autant de ceux de mon mari. À l'époque, je lui avais raconté notre violente dispute, sans pour autant rentrer dans les détails, vu que certains points le concernaient. Alors forcément, notre soudaine réconciliation le surprend.

— Je ne pige pas. Je croyais que tu ne voulais plus jamais les voir, Patricia et elle…

— Michel ! Danielle est morte. Morte ! À trente-trois ans. Ça aurait pu être moi. Tu comprends ça ? dis-je en retenant des larmes de rage.

— Calme-toi, Francine. Je disais ça comme ça. Reste autant que tu veux. Ici, je gère. Comme d'habitude, de toute façon. Tu transmettras mes condoléances à son mari, enfin si c'est toujours le même. Il s'appelle comment, déjà ?

Je raccroche sans lui répondre. Son manque de compassion me glace le sang.

Ainsi, Patricia et moi prêtons main-forte à Pascal et aux parents de Danielle pour l'organisation des funérailles. Les souvenirs de celles de mon père refont surface. Déjà presque neuf ans qu'il est décédé. J'ai l'impression que c'était hier et pourtant il s'en est passé des choses depuis. La douleur s'atténue mais le manque ne s'en va jamais tout à fait. J'aimais beaucoup mon père même si je ne m'en rendais pas compte. Je pensais que j'avais le temps de le lui dire. J'étais jeune. J'étais bête. C'est quand on perd quelqu'un qu'on réalise à quel point on tient à lui. Dommage qu'on s'en aperçoive trop tard.

*

Danielle a laissé des consignes très précises quant à ses obsèques. Elle souhaitait être incinérée. Elle trouvait que c'était plus en accord avec ses valeurs et ses convictions. Malgré les réticences de ses parents qui auraient aimé une cérémonie religieuse traditionnelle, ses dernières volontés seront exaucées, surtout après son petit discours à l'hôpital ; ils n'avaient pas le cœur à la contrarier. Le moment venu, quand Pascal s'en sentira le courage, il dispersera ses cendres du haut de la falaise de Cassis où ils se rendaient souvent tous les deux, pour observer l'horizon, l'âme remplie d'espoir de guérison.

Je n'avais encore jamais assisté à une crémation. Nous sommes une trentaine de personnes réunies dans la salle : les amis plus ou moins proches, la famille, des gens qui faisaient partie de la vie de Danielle. Je ne connais personne. Le couple était installé à Lyon depuis quelques années.

L'ambiance sonore, une musique douce agrémentée de chants d'oiseaux, ne parvient pas à couvrir les bruits des crépitements. Danielle part en fumée. Pascal est inconsolable. Les soubresauts de ses épaules me fendent le cœur. Ses parents, n'en parlons pas. Ils ont perdu leur unique fille. Ils n'auront pas d'endroit où se recueillir. Ils n'auront jamais de petits-enfants. Cela me rend tellement triste. J'ai à peine connu mes grands-parents paternels, décédés peu de temps après ma naissance. Mon père est parti bien trop tôt. J'ai une pensée pour ma mère, veuve à quarante-huit ans. C'est de nous avoir, mon frère et moi, qui lui a sauvé la vie. Elle nous l'a dit plus d'une fois. Elle n'aurait jamais remonté la pente si nous n'avions pas été là.

Qui s'occupera de Geneviève et Robert ? Quelle sera leur raison de vivre, désormais ?

Nous discutons à voix basse, le temps que soit remise à Pascal l'urne qui contient les cendres de son épouse, notre amie. La musique tourne en boucle. Patricia sort prendre l'air. Je reste encore un peu dans la salle afin de me recueillir. Un homme se dirige vers moi et s'assied à mes côtés. Je me demande bien pourquoi cet inconnu vient se coller à moi alors qu'il y a de la place partout. Il regarde droit devant lui. Je me décale un peu sur le banc pour retrouver mon espace vital. Lorsque ses yeux croisent les miens, c'est le choc.

— Bruno, c'est toi ?

— Bonjour, Francine. Tu as bien failli ne pas me reconnaître, pas vrai ?

— C'est-à-dire que...

Bruno est désormais chauve comme un genou.

— Je sais... J'ai tout rasé quand j'ai commencé à les perdre, dit-il en caressant son crâne. Ça surprend, hein ? Je ne m'y attendais pas non plus. Mon père est un chevelu. Il paraît que ça saute une génération. Dommage pour moi. Mon grand-père était chauve comme un œuf.

J'explose de rire : un rire franc comme je n'en avais pas eu depuis longtemps. Tous les regards se tournent vers moi. Durant quelques secondes, j'ai oublié que nous nous trouvions dans un crématorium. Je ne sais plus où me mettre.

— Pardon, chuchoté-je à l'assistance. Ce sont les nerfs qui lâchent... Allons dehors, cela vaut mieux.

— Ton rire… ça faisait un bail. Il n'a pas changé.

— Ne te fie pas aux apparences, je suis devenue triste et sinistre. Je ne rigole presque plus.

— Quel dommage !

— Mais dis-moi, que fais-tu là ? Je ne m'attendais pas à te revoir un jour, surtout dans de telles circonstances.

— Ce n'est pas parce qu'on n'est plus ensemble tous les deux que j'ai coupé les ponts avec les amis que nous avions en commun. J'avais bien accroché avec Pascal au mariage de Patricia et d'André.

— C'est vrai… je me souviens.

Je me rappelle surtout la nuit que nous avions passée sous l'arbre. Une vague de chaleur parcourt mon corps.

— J'habite à Lyon depuis sept ans. J'avais besoin de changer d'air.

— Et la brasserie de ton père ?

— Vendue ! Nous sommes brouillés.

— Je suis désolée.

— Ne le sois pas. J'ai mis du temps à couper le cordon. On ne peut pas toujours être en accord avec ses parents et se forcer à certaines choses pour leur propre bonheur. Ils sont en bonne santé, c'est tout ce qui compte. Un jour, on se réconciliera.

— N'attends pas qu'il soit trop tard. La vie nous réserve parfois de drôles de surprises. Regarde la pauvre Danielle…

— Ne m'en parle pas, ça me rend malade.

— Tu sais, Bruno, j'ai pensé mille fois à venir prendre de tes nouvelles à la brasserie. Mais je n'ai pas osé. Tu dois me détester…

— Pas tant que ça…

— Je suis vraiment désolée de ce que tu as subi à cause de moi. Je m'en suis beaucoup voulu.

— Si tu me dis que tu es toujours avec ton prof à la noix et que tu es heureuse en ménage, alors tu auras eu raison de me quitter, lance-t-il en attrapant ma main gauche pour observer de plus près mon alliance.

— Oui, c'est bien avec Michel Rolland que je suis mariée, réponds-je en retirant ma main de la sienne.

Le contact de sa peau me surprend. Mon âme se souvient tout à coup de nos corps-à-corps, des heures où l'on restait blottis l'un contre l'autre, de nos discussions sans fin, de la douceur de ses gestes, de la passion de ses caresses. Bruno était un bon amant.

— Ce n'est pas tout à fait la réponse que j'attendais. Est-ce qu'il te rend heureuse ? C'est ça qui m'intéresse.

Je réfléchis. Sa question me désarçonne. Suis-je heureuse ? Oui, non. C'est une simple question à laquelle je ne parviens pas à répondre spontanément.

— J'aime ma vie, dis-je sans grande conviction. Nous avons deux filles : Claire aura onze ans en septembre, et Sophie, huit le mois prochain. Je travaille beaucoup. Je suis avocate, tu sais. J'ai monté mon cabinet avec un ancien étudiant de la fac. Nicolas Chamberlain. Tu le connaissais ?

— Non, pas du tout, mais j'ai suivi ton parcours de loin. Ça n'a pas été simple… de t'oublier.

— Je suis vraiment désolée. Je n'avais pas envie que tu souffres. Je n'avais pas prévu de…

—… tomber amoureuse d'un autre. T'inquiète, ce sont des choses qui arrivent. C'est de l'histoire ancienne.

— Et toi, tu es marié ? Tu as des enfants ?

— Oui, les deux, lance-t-il en effleurant son crâne comme s'il remettait en place une mèche imaginaire. J'ai rencontré ma femme à Lyon. Nous avons un petit garçon de quatre ans, Julien et, pour ne rien te cacher, Christine est enceinte. C'est pour cette raison qu'elle n'est pas venue.

— Ah, d'accord. Félicitations ! Je suis contente pour toi. Je suis convaincue que tu es un bon mari et un bon papa… dis-je avec un pincement au cœur.

— Bruno, est-ce que c'est toi ? demande Patricia qui déboule de nulle part.

Je lui en veux d'avoir interrompu notre conversation. Elle se jette littéralement dans ses bras, ce qui me rend un peu jalouse. J'essaie de reprendre le contrôle de mes émotions. J'aime ma vie. J'aime mon mari. J'ai deux filles en bonne santé et je viens de décider que nous aurons un troisième enfant. Les paroles de Danielle résonnent encore en moi : « Mon plus grand regret, c'est de ne pas avoir eu d'enfants de toi. » Michel l'ignore encore, mais bientôt, je lui donnerai un garçon.

*

Après avoir parlé de la pluie et du beau temps avec Bruno, nous nous promettons de rester en contact. Je sais pourtant que je n'en ferai rien. Les sentiments que j'éprouvais pour lui ont rejailli en quelques minutes. On n'oublie jamais totalement son premier amour et Bruno gardera toujours une place spéciale dans mon cœur. Le revoir pourrait s'avérer dangereux. En sa présence, je me sens belle, désirable, sur un piédestal, un peu comme avec François, ces derniers temps. Cette semaine m'a bouleversée.

Après la crémation, nous rentrons chez Pascal. Quelques proches nous ont suivis jusque chez lui. À peine arrivée, je m'enferme dans la salle de bains et, débordée par tout un tas d'émotions, je pleure toutes les larmes de mon corps.

15.

Juillet 2018
Le soleil reviendra-t-il ?

— Tu pleures encore ? me demanda Michel.

— Oh, fiche-moi la paix.

— Quel bel anniversaire de mariage, ma parole.

— À qui la faute ?

— Voilà, ça recommence. Quand tu vas mal, c'est toujours à cause de moi.

— Oui, tout est ta faute. J'aurais dû avoir le courage de te quitter il y a trente ans.

— Pardon ? Est-ce que j'ai bien entendu, là ?

— Nous aurions dû nous séparer, répétai-je.

— Je te rappelle que c'est toi qui n'as pas voulu. Ce n'est pas juste de me balancer ça, maintenant.

— Tu sais, Michel, certaines phrases que tu as prononcées à l'époque, je n'ai jamais pu les oublier.

— Attends un peu, Francine, que je comprenne ! Il te prend quoi, ce soir, pour que tu remues à ce point le passé ?

Sur la forme, Michel avait raison. J'ignorais ce qui avait déclenché ce déferlement de reproches. Nous étions ensemble depuis quarante ans. Nous nous étions aimés, c'est vrai, et sincèrement. Mais sur le fond, cela faisait un bon moment que j'arrondissais les angles, que je me forçais sans me l'avouer. Bien des tumultes sont nés à cette période-là, quand Danielle est morte.

— Attends deux minutes… Tu ne serais pas en train de me remettre sur le dos ce qui s'est passé ?

— Ça et d'autres choses…

— Putain ! s'exclama-t-il en tapant du poing sur la table.

Son geste me fit sursauter, ainsi que d'autres clients du restaurant qui se retournèrent pour nous regarder.

— J'ai soixante-quatorze balais, Francine. J'ai plus l'âge pour ces conneries.

— Calme-toi, Michel. Tu risques la crise cardiaque à t'énerver comme ça. Excuse-moi. Je ne voulais pas. Calme-toi. Tiens, bois un peu d'eau.

— J'en veux pas, de ta flotte. C'est trop facile de t'excuser après avoir balancé ta vacherie.

— Tout va bien, par ici ? nous questionna Sergio.

— Absolument ! répondîmes-nous d'une même voix surfaite.

— Super ! Je vous apporte votre dessert dans deux minutes, monsieur.

— Prenez votre temps, nous avons toute la soirée devant nous… lança Michel.

Ses yeux injectés de sang me firent peur. Jamais il ne m'avait regardée si méchamment. J'avais conscience de dépasser les bornes mais plus rien ne pouvait m'arrêter.

16.

Décembre 1990
Sur un nuage

Je suis enceinte. C'est un garçon. Nous en aurons la confirmation à la prochaine échographie. Michel est aux anges, il me couvre d'attentions. Chaque matin, il m'accompagne à l'étude, et chaque soir, il vient me chercher. Les heures supplémentaires me sont proscrites. Non par le médecin mais par Michel qui s'improvise obstétricien. Ce bébé est attendu comme le messie. Les filles sont ravies aussi, d'autant que je suis plus souvent à la maison avec elles. Claire m'aime autant qu'elle me déteste – vive l'adolescence – et Sophie n'a jamais été aussi câline. Quant à ma mère, elle nous a déjà suggéré de prénommer le bébé, Philippe. Tiens donc ! Elle avait déjà essayé de convaincre mon frère. Mais, futé comme il est, il avait prétendu qu'ils avaient déjà choisi le prénom d'un apôtre pour faire plaisir à sa belle-famille. C'est surprenant que ma mère ait gobé un truc pareil. Bref, Laura a accouché le 5 septembre d'un petit Matthieu, adorable. J'avais oublié à quel point c'est minuscule, un bébé. Je dois admettre que le tenir dans mes bras m'a confortée dans ce nouveau désir de maternité.

Je suis en pleine forme. Contrairement à mes deux premières grossesses, je n'éprouve aucune nausée. En revanche, j'ai déjà pris cinq kilos. Il faut que je reste extrêmement prudente, avec l'âge, il me sera difficile de perdre le surplus accumulé. Je n'avais pas prévu d'avoir un troisième enfant mais Michel en avait vraiment envie. Ce sera peut-être un bon moyen de donner un nouveau départ à notre couple, une manière de me recentrer sur notre famille et d'enrayer mes pensées pour d'autres hommes. François, puis nos retrouvailles avec Bruno, m'ont vraiment perturbée. Tous deux hantent parfois mes rêves et ce que nous y faisons ne me ressemble pas. Heureusement, ce qui se passe la nuit est mon jardin secret. Le jour, je tente de focaliser mon attention sur mon travail et mon foyer. Michel est merveilleux, ces derniers temps. Un époux comme il y en a peu et un papa formidable. Dès qu'il peut, il s'installe près de moi et parle au bébé : foot, politique, actualités et faits divers, tout y passe. Rarement Michel avait été aussi bavard avec mon ventre ! C'est amusant et cela semble l'enchanter. Il est si pressé de pouvoir serrer notre fils dans ses bras.

*

J'ai rendez-vous chez le gynécologue. Dans la salle d'attente, trois femmes attendent aussi leur tour. Deux d'entre elles caressent inlassablement leur ventre rond, comme si l'enfant qu'elles portent pouvait s'en échapper. Le mien est à peine perceptible. Il me tarde d'afficher mes rondeurs. Il n'y a que dans ces moments-là que j'assume mes kilos en trop.

Michel a tenu à m'accompagner, il est le seul homme dans la pièce. Je lui ai pourtant dit que ce n'était pas nécessaire, mais pour rien au monde il n'aurait manqué l'annonce officielle du sexe de « son » bébé.

Mon mari est en pleine couvade, il a déjà pris trois kilos. Un futur papa-gâteau. Je me souviens très bien de sa réaction lorsque je lui ai annoncé que j'étais d'accord pour « tenter le troisième ». Je rentrais de Lyon, encore chamboulée par la mort de mon amie. Son regret de ne pas avoir eu d'enfant tournait en boucle dans ma tête. Il était tard, les filles étaient déjà couchées. Après avoir grignoté un morceau, nous étions montés à notre tour. Au lit, je fixais le plafond sans trop savoir quoi lui dire. Il regrettait sa maladresse au téléphone, je le savais. Il n'a jamais été doué pour les excuses. Et, comme chaque fois qu'il me blesse, il attendait que je fasse le premier pas. Il s'était mis à me caresser les cheveux et j'avais détourné mon regard vers lui. Ses yeux brillants m'avaient donné envie de l'embrasser. Alors, j'avais ouvert la bouche, laissant s'échapper ces mots : « Chéri, j'ai réfléchi. Je suis d'accord pour avoir un autre enfant. »

Ce désir de grossesse a pris quelques mois à se concrétiser. Sans doute n'étais-je pas prête, trop préoccupée par le travail et les dossiers qui s'accumulaient.

Et puis sont arrivées les vacances d'été. La première quinzaine, les filles sont parties en colonie. Ensuite, nous avons profité d'un week-end pour les accompagner chez Mémé Jo et Papi René, avec ma mère et Giscard. Mes grands-parents se font vieux, et gérer des gamines n'est pas de tout repos, surtout lorsque l'une est en pleine crise existentielle et que l'autre joue encore à la poupée.

Michel et moi nous sommes alors retrouvés seuls, en amoureux. Nous avons profité des rues parisiennes ensoleillées et désertes à cette période de l'année pour musarder, et bien sûr, nous avons beaucoup fait l'amour, si bien qu'il a fini par arriver, ce bébé.

*

C'est à notre tour d'entrer dans le cabinet du médecin. Son sourire bienveillant me rassure. Il me suit depuis toujours, malgré notre déménagement. Il n'est plus tout jeune et ne tardera pas à prendre sa retraite. Pas tout de suite, j'espère.

Après les banalités d'usage, il m'examine. Michel tord le cou pour regarder ce qui se passe. Je le vois grimacer. Je devine ses pensées : gynécologue, quel drôle de métier !

— Au toucher, tout est normal, madame Rolland. Nous allons faire une échographie pour confirmer ça. Je vous en prie, monsieur, rapprochez-vous ! Ce sera plus facile pour découvrir votre bébé.

Michel me rejoint et attrape ma main. Dans son sourire, se lit tout l'amour qu'il me porte. Je suis chanceuse de l'avoir à mes côtés.

Le docteur applique le gel sur mon ventre et commence l'examen. Sur l'écran en noir et blanc, je devine la tête du bébé, ses membres minuscules, la courbure de son dos. Ces nouvelles machines sont fabuleuses. Je ne le sens pas encore bouger mais il y a bel et bien un bébé qui grandit dans mon ventre. Sa présence se concrétise.

— Alors, docteur, est-ce que vous nous confirmez que c'est un garçon ? s'enquiert Michel.

Mais le docteur ne répond pas. Il accentue le mouvement, me faisant presque mal par moments tellement le geste est appuyé.

— Docteur ?

Il pianote sur certaines touches de la machine, tapote sur le clavier, marmonne dans sa barbe. Il cherche désespérément quelque chose qu'il ne trouve pas…

— Je n'ai pas de bonnes nouvelles, lâche-t-il brusquement.

— Que se passe-t-il, docteur ? Il est là, on le voit bien, dis-je soudain, inquiète.

— Je n'entends pas le battement du cœur de votre fils.

— Un fils ? bredouille Michel.

— Oui, il s'agit bien d'un garçon, monsieur. Mais j'ai le regret de vous annoncer qu'il n'est plus, poursuit tristement le gynécologue.

— Vous voulez dire qu'il est...

— En effet. Je suis désolé.

Le monde s'écroule. Mon cœur aussi semble s'être arrêté de battre. Michel est sous le choc. Notre fils est mort avant d'être né. Je suis dévastée.

— Ça va aller, dis-je à mon mari en libérant mes larmes.

— Mais pourquoi ? murmure Michel.

— Il peut exister des tas de raisons, je ne saurais vous dire laquelle précisément. À dix-sept semaines, c'est ce qu'on appelle une fausse couche tardive. Ce sont malheureusement des choses qui arrivent.

— Mais on pensait qu'il allait bien...

— Je suis vraiment désolé. Je n'ai pas d'explications. Dites-vous que la nature fait bien les choses, cet enfant n'était sûrement pas viable. Vous êtes jeune, madame Rolland, vous pourrez en avoir d'autres.

Mais c'est lui que je veux, pas un autre ! Je le hais de me balancer cette horreur à la figure. Michel sent ma colère prendre le dessus.

— Le docteur a raison, chérie. Nous pourrons avoir un autre bébé plus tard. Mais d'ici là, quelle est la prochaine étape ?

— À ce stade, un curetage ne suffira pas, il va falloir accoucher.

— Accoucher ? Mais c'est horrible.

— Il n'y a pas d'autres solutions, madame. Si vous le voulez bien, nous allons prendre un rendez-vous à l'hôpital.

— Vous êtes sûr, docteur ? Vous ne pouvez pas vérifier encore une fois, on ne sait jamais. Vous avez pu vous tromper, dis-je, implorante.

— Je suis certain, madame. J'aurais tellement voulu vous dire que tout allait pour le mieux. Dans des moments pareils, je déteste mon métier, mais je vous promets que la vie reprend toujours le dessus, croyez-moi. Vous pouvez vous rhabiller.

*

Six mois sont passés et je n'arrive pas à oublier cet épisode bouleversant de ma vie. Je m'efforce de ne pas sombrer dans la dépression mais j'ai les deux pieds dedans.

Il fallait choisir une date alors j'ai choisi le 11 décembre. Personne ne se souvient jamais du 11 décembre, c'est une date insignifiante. À mon avis, il faudrait carrément la supprimer du calendrier. Plus encore maintenant qu'elle correspond au jour de la naissance de mon fils, mort. Cette journée a été horrible. Le déclenchement du travail, les contractions qui sont censées donner la vie et qui, quoi qu'on fasse, ne donneront que la mort... Je n'ai pas voulu que Michel m'accompagne à l'hôpital. Il n'a pas compris et nous nous sommes disputés. Mais je ne voulais pas qu'il puisse se souvenir de ce moment. Je voulais garder pour moi toute la tristesse de l'événement, égoïstement. C'était mon fils, il était en moi. Personne n'a pu me faire entendre raison. Je n'entendais plus rien de toute façon. Lorsque le médecin a déposé mon bébé inanimé dans mes mains, pour une unique et ultime rencontre, il était si parfait. Minuscule, mais parfait. J'ai pleuré toutes les larmes de mon corps jusqu'à l'épuisement.

Ce Noël a été le pire de ma vie. L'hiver a été rude dans tous les sens du terme. Et le printemps n'y a rien changé. Tout le monde me conseille de consulter un psychologue mais je ne vois pas en quoi il pourrait m'aider. Ma souffrance finira bien par passer.

Chaque mois, j'espère qu'un autre bébé viendra combler mon ventre vide. Mais chaque mois, c'est la déception. Pour éviter de penser, je me jette corps et âme dans le travail. Cet été, je ne partirai pas en vacances en famille. J'ai besoin d'être seule.

« Les nuages se disperseront, tu verras », me répète régulièrement ma mère. Ses histoires de bonheur, de nuages et d'éclaircies commencent à me lasser.

17.

Juillet 2018
Le calme avant la tempête

— Si tu avais envie de me quitter, pourquoi tu ne l'as pas fait ? me demanda Michel.

— J'ai été lâche.

— Je n'en reviens pas. Comment peux-tu me dire une chose pareille ?

— J'ai manqué de courage. Les filles étaient gamines et tu m'aimais…

— Donc, tu es en train de me balancer que toi, tu ne m'aimes plus depuis trente ans. Tu as fait semblant toutes ces années ?

— Je t'aimais, Michel, mais tu m'as brisée.

— Ne recommence pas avec ça. C'est toi qui voulais ce troisième bébé, toi qui as voulu qu'on essaie encore. Moi je m'en foutais d'avoir un autre enfant. Pourquoi retournes-tu toujours les choses en ta faveur ? Pourquoi te faire passer systématiquement pour la victime ?

— Tu ne m'as pas aidée, Michel. Au contraire, tu m'as enfoncée.

— Comment peux-tu dire ça, Francine ? J'ai toujours été là, toujours ! Je me suis occupé des filles plus que toi. Je t'ai encouragée. Tu as ouvert ton cabinet grâce à moi. Tu as pu t'accomplir dans ton travail. J'ai même mis ma carrière en danger pour que tu puisses réussir la tienne. J'aurais eu mille raisons de me casser mais je suis resté. Pour les filles, pour toi.

— Ce...

Une femme se planta devant notre table. Je la toisai, me demandant ce qu'elle pouvait bien nous vouloir. En même temps, j'avais envie de la remercier car elle avait interrompu notre dispute et j'avais besoin d'une pause pour réfléchir à ma riposte.

— Rolland, est-ce que c'est toi ?

Michel détourna ses yeux des miens et son expression changea du tout au tout lorsqu'il sembla reconnaître celle qui le fixait avec intensité.

— Maryline Berger ? C'est pas croyable !

Il se leva d'un bond et la prit dans ses bras. J'hallucinais ou quoi ? J'assistais à des tendres retrouvailles entre mon mari et cette femme alors que nous étions en pleine scène de ménage. Je n'avais jamais entendu parler de cette Maryline Berger, et si j'avais eu vent de son existence, croyez-moi, je m'en serais méfiée comme de la peste.

— Comment vas-tu ? Ça fait combien de temps qu'on ne s'est pas vus ? Dix ans, quinze ans ? Que fais-tu ici ? C'est fou !

— Je suis venue quelques jours pour l'anniversaire d'une amie. Mais j'y pense, tu la connais ! C'est Sylvaine Rochas. Elle enseignait aussi à la Sorbonne.

Les choses s'éclaircissaient dans mon esprit. Tout ce petit monde avait travaillé ensemble à la faculté. Au beau milieu de ce restaurant bondé, Michel et elle avaient l'air seuls au monde. Moi, j'avais complètement disparu de leur champ de vision.

— Sylvaine, la prof d'éco ! s'écria Michel. Mais bien sûr ! Ça alors... vous êtes encore amies ?

— Mais oui. Tu sais, avec les réseaux sociaux, on garde le contact beaucoup plus facilement. Je t'ai cherché, d'ailleurs, mais à part quelques articles officiels, je n'ai rien trouvé sur toi.

— Je ne suis pas très réseaux, je dois dire, mais il faudrait peut-être que je m'y mette. Je n'en reviens pas de te croiser comme ça, à l'improviste... s'exclama-t-il en lui prenant la main. Ce geste la fit rougir instantanément.

Je me grattai la gorge pour manifester ma présence.

— Je suis Francine, sa femme...

— Enchantée de vous rencontrer, Madame.

Elle lâcha la main de mon mari pour serrer la mienne.

— J'ai beaucoup entendu parler de vous, à l'époque, reprit-elle, faussement enthousiaste.

— Ah, tant mieux, parce que moi, de vous, jamais !

Elle eut un petit rire nerveux, soudain mal à l'aise. Michel était radieux.

— Ça me fait tellement plaisir de te revoir. Tu es restée la même, toujours aussi belle ! C'était à quelle époque, déjà ? demanda Michel pour qui j'étais tout à coup devenue transparente.

— De 1995 à 2006. Onze merveilleuses années, minauda-t-elle.

— J'ai l'impression que c'était hier. Quelle équipe nous formions ! Et comment ça se passe, aujourd'hui ? Tu avais changé d'académie. Bordeaux, si je me souviens bien.

— Quelle mémoire ! J'y suis toujours, figure-toi, et ça va plutôt bien. Les étudiants sont les mêmes partout. Tu leur ajoutes un téléphone scotché à l'oreille et un ordi sous les yeux et c'est presque comme dans le temps.

— Ah ! Ah ! C'est tellement juste. Et ton mari ?

Aussitôt, le regard de Maryline se voila et son sourire se crispa.

— Claude est décédé il y a bientôt deux ans. AVC.

— Oh, pardon. Toutes mes condoléances.

D'un coup, elle avait perdu son assurance. Véritablement peinée par sa disparition, elle leva ses yeux de biche vers mon mari qui fondait comme neige au soleil. À ce moment-là, j'eus la certitude qu'il y avait eu quelque chose de particulier entre eux.

— C'est comme ça… poursuivit-elle, en remettant son sourire en place. La vie continue, avec ses aléas. Mais, je vais vous laisser, je ne voudrais pas gâcher votre soirée. Je dîne avec mon fils et ma belle-fille.

Quand je t'ai vu, je n'ai pas pu résister, il fallait que je vienne te saluer.

— Tu as bien fait ! Tiens, je te donne mon numéro de portable. On pourra se donner des nouvelles, suggéra Michel en lui tendant sa carte.

— Avec plaisir. Je t'envoie tout de suite le mien par SMS. En tout bien tout honneur, madame, ajouta-t-elle à mon attention avec un sourire hypocrite.

— Bien sûr. Il n'y a aucun mal à retrouver de vieilles connaissances… marmonnai-je.

— Tu souhaiteras un bon anniversaire à Sylvaine de ma part, lança Michel.

— Je n'y manquerai pas !

— Ça lui fait quel âge ?

— Soixante, comme moi. J'ai fêté le mien le mois dernier.

— Les miens sont loin…

— Allez, j'y vais. Au revoir ! Enfin, à bientôt, dit-elle, en mimant un téléphone avec ses doigts. Madame, j'ai été ravie !

Moi, pas du tout, pensai-je.

— Bonne soirée, répondis-je pour être polie.

Elle repartit en roulant du popotin dans sa robe à fleurs qui épousait ses formes. Mon mari la dévorait du regard.

— Tu devrais la rejoindre, tant que tu y es.

— Ne me tente pas ! Vu l'ambiance à notre table, ce n'est pas l'envie qui m'en manque.

— Ça m'étonne que tu ne te sois pas incrusté à l'anniversaire de son amie. Tu adores les fêtes d'anniversaire, pas vrai ?

— Qu'est-ce que tu insinues encore ?

— Rien du tout.

Michel s'apprêtait à ouvrir la bouche mais il fut interrompu par le serveur.

— Désolé de vous avoir fait attendre, la salle est pleine, ce soir. Et voici le café gourmand de monsieur. Bonne dégustation.

Il posa le plateau devant Michel qui, obnubilé par son portable, attendait déjà le SMS de son amie. Comme par enchantement, son téléphone bipa et son regard s'illumina.

— Merci, Maryline, lança gaiement Michel sans lever les yeux.

— Euh… non, moi, c'est Sergio !

18.

Mai 1996
Cadeau du ciel

— Surpriiiiise ! hurle l'assemblée quand j'entre dans la salle à manger.

Je mets quelques secondes à comprendre ce qui se passe. J'avais pourtant dit à Michel que je ne voulais pas fêter mes quarante ans. Il va m'entendre, le salopard ! Claire et Sophie me sautent dessus.

— Tu es contente, Maman ? demande la petite.

— Tu t'en doutais ? ajoute la grande.

— On se calme, les filles ! Laissez-moi le temps de dire bonsoir à tout le monde.

Michel n'ose pas bouger. Il est dans un coin, près de l'interrupteur qu'il a actionné quand j'ai pénétré dans la pièce. Il s'attend à prendre une soufflante.

— Ne fais pas cette tête, c'est Patricia qui a insisté. Elle est de mèche avec ta mère, assure-t-il quand je m'approche de lui.

— Comme par hasard… Donc toi, tu n'y es pour rien ?

— Ça dépend des représailles.

— On verra ça plus tard, dis-je en déposant un baiser sur ses lèvres, reconnaissante malgré tout.

Je n'en reviens pas qu'autant de monde ait pu se cacher dans le salon de mes parents. Mon frère et Laura sont là, avec leurs deux garçons, Matthieu et Paul. Patricia est venue avec Gilles, son nouveau copain, mais sans Gaëlle qui avait déjà prévu une sortie avec des amis. Mes beaux-parents, Françoise et Jean, sont là aussi, Lise et son mari Éric ainsi que Virginie, leur fille. Il y a même Nicolas, mon associé, et Grégoire, son conjoint. Il ne manque que Christophe, mon beau-frère, mais il vit à Londres avec sa femme Britney, rencontrée lors d'un déplacement professionnel. Sur un coup de tête, il avait tout plaqué pour la rejoindre. Lui était célibataire, pas elle, mais l'histoire est trop longue à raconter…

— Marion n'a pas pu venir, m'informe Nicolas qui me tend une coupe. Mais elle te souhaite un joyeux anniversaire.

— J'aime autant qu'elle ne soit pas là. On s'entend très bien au travail, mais je n'ai pas envie de mélanger le pro et le perso.

— C'est toi la patronne. Tchin ! Bienvenue chez les quadras, ma vieille !

La soirée se passe bien. Je me sens mieux depuis quelque temps. À force d'être au plus bas, j'ai fini par consulter une psychologue qui m'a beaucoup aidée. Alors que je croyais mon couple fichu, cette femme, Isabelle Bianco, a réussi à me réconcilier avec moi-même et à me redonner foi en la vie. La première fois, Michel et moi étions allés la consulter ensemble. Mais madame Bianco a immédiatement compris que le blocage venait de moi. En quelques mois, j'ai remonté la pente. Je suis heureuse que Michel ait fait preuve de patience. J'ai failli tout gâcher. Je m'en serais voulu.

Il y a bien longtemps qu'on ne danse plus aux fêtes d'anniversaire, mais la chaîne hi-fi diffuse les tubes du moment : les Spice Girls, Gala, George Michael, les Worlds Apart, les G-Squad et tous ces *boys bands* que les filles adorent et qu'elles me font découvrir. Ma mère et Patricia ont préparé des tas de petits gâteaux, des cakes salés, des tartes… Il y en a pour cinquante personnes. Chacun repartira avec sa petite boîte, c'est sûr.

Maman semble avoir retrouvé une certaine sérénité. Depuis sa retraite, il y a deux ou trois ans déjà, elle est inscrite à des tas d'activités. Elle danse, prend des cours d'arts plastiques et participe même à un atelier d'écriture. Je la soupçonne d'avoir rencontré quelqu'un mais elle m'affirme que non. Elle s'imagine que nous ne pourrions tolérer de la voir heureuse avec un autre homme que Papa. C'est complètement faux. J'aimerais tellement la savoir épanouie, comme Patricia. Regardez-la ! Elle est rayonnante. Après plusieurs années de célibat, elle a fini par croiser Gilles, son prince charmant. Leur histoire est digne d'une comédie romantique. Il venait d'emménager dans le quartier, après sa séparation, quand il a choisi la caisse de Patricia en faisant ses courses à la supérette. La trouvant charmante, il est revenu le lendemain, puis le surlendemain, osant même prolonger la discussion et l'inviter à prendre un café. Patricia est vite tombée sous son charme, même si son complexe d'infériorité ne l'avait pas quittée depuis son divorce. Elle se reconstruisait lentement et le regard de Gilles, de cinq ans son cadet, a agi sur elle comme un baume apaisant. Elle a fini par accepter le café puis un dîner dans la foulée. La magie a opéré, et le soir même, elle s'est retrouvée dans les bras de cet inconnu. Ils filent le parfait amour depuis neuf mois. Pour l'instant, ils sont encore chacun chez soi mais il est question qu'ils s'installent ensemble dès le départ de Gaëlle qui a obtenu une bourse pour étudier à l'étranger. Une sacrée tête, ma filleule.

Qu'ils sont mignons ! Je regrette que ces attentions des premiers mois se perdent avec le temps. Michel et moi avons l'air d'un vieux couple à côté d'eux... C'est ce qu'on est après tout : en juillet, nous fêterons nos dix-sept ans de mariage. Déjà !

Je jurerais que Patricia est enceinte. Je ne la vois boire que des jus de fruit, alors qu'elle adore le champagne. Je suis contente que nous soyons de nouveau amies. Après la mort de Danielle, nous nous sommes revues de temps en temps, et elle a été là chaque fois je n'allais pas bien. Elle m'a beaucoup soutenue. C'est sans doute pour cela qu'elle n'ose pas m'avouer sa grossesse. Elle sait que c'est un sujet sensible. En 1993, j'ai refait une fausse couche. J'ai vraiment touché le fond à ce moment-là. Heureusement que les succès professionnels étaient au rendez-vous, sinon je n'aurais pas tenu le coup.

*

— Fais un vœu, Maman ! hurle Sophie alors que je m'apprête à souffler mes bougies.

C'est stupide mais je fais le même chaque année : je veux être heureuse. Comme si je ne l'étais pas vraiment. Peut-être suis-je trop exigeante ? Je m'en veux de penser ainsi. J'aime ma vie, pourtant. Nous avons une belle maison, je m'épanouis dans mon travail, mes filles sont en bonne santé, elles sont gentilles et sérieuses, et mon mari est présent, il me soutient et m'aime à sa façon. C'est peut-être ça qui cloche. Je ne sais pas s'il m'aime exactement comme j'ai envie de l'être. Je chasse cette pensée et prends une grande inspiration pour souffler les quarante bougies disposées sur l'énorme gâteau confectionné par Lise, mon adorable belle-sœur. Les filles me viennent en renfort avant de scander :

— Les cadeaux ! Les cadeaux !

Michel arrive les bras chargés. J'ai le sentiment d'être une petite fille au pied du sapin le matin de Noël. Au centre de l'attention, je déballe les paquets. Je découvre la jolie montre choisie par Lise et son mari, un magnifique vase en cristal de la part de mes beaux-parents, des boucles d'oreilles en or de la part de Maman et un luxueux sac à main. Celui-là, c'est le cadeau de Michel.

— Il est magnifique ! Mais tu es dingue !

— Tu le mérites, ma chérie. Ce sera la classe au tribunal.

— Bien sûr, au tribunal avec un sac pareil ! Ben voyons... Jamais je ne pourrai m'afficher avec ça devant mes clients.

— Si tu n'en veux pas, moi, je le prends ! Il est magni-fi-que ! lance Lise qui me prend le sac des mains.

— Oui, moi aussi, je le veux bien, s'écrie Patricia en riant. Je suis certaine qu'ils vont l'adorer à la supérette.

— Francine, arrête un peu de faire ta rabat-joie. Apprécie plutôt la chance que tu as !

— Tu as raison, mon chéri ! Merci, il est vraiment superbe.

— Papa, Papa, tu as oublié celui-là !

Michel se décompose en voyant Sophie avec un paquet. Il lui arrache des mains et devient écarlate.

— Celui-ci est personnel. On ne peut pas l'ouvrir devant tout le monde.

— Michel, tu m'as fait un autre cadeau ? demandé-je étonnée.

— Allez, ouvre, Francine ! clame Éric. On veut voir ce que c'est !

— Non, Francine, ne l'ouvre pas ! Je t'assure, c'est une très mauvaise idée. Je comptais te le donner plus tard, quand on ne sera que tous les deux, tu saisis ? Sophie, remets ça où tu l'as pris. Et la prochaine fois, tu te mêles de tes affaires.

Sophie s'éloigne en boudant. Elle pensait bien faire.

— Tu exagères. Ce n'est pas grave, Michel. Elle ne l'a pas fait exprès.

— C'est gênant. Tu comprendras quand tu le verras.

— D'accord, d'accord…

Je clos le débat pour ne pas mettre mon mari plus mal à l'aise qu'il ne l'est déjà. Il me tarde de rentrer à la maison pour découvrir ce que cache ce fameux paquet.

*

J'ai bien cru qu'ils ne partiraient jamais. Il est près de trois heures du matin quand Michel et moi prenons le chemin de la maison. Nous avons lavé et rangé la vaisselle. Il ne restera plus qu'à passer un coup d'aspirateur et de serpillière, et le salon sera comme neuf. Les filles s'en chargeront demain. Elles ont voulu dormir chez leur grand-mère avec leurs cousins. Ma mère adore les avoir avec elle, et nous, on va pouvoir se retrouver en amoureux. Dans la voiture, Michel est silencieux. Il a mis Chérie FM à la radio et chantonne avec Michel Sardou. Je suis épuisée. Cela faisait des mois que nous n'avions pas veillé aussi tard. Depuis les cinquante ans de Michel, si je ne dis pas de bêtises. Mais nous avions été beaucoup plus sages et en comité très restreint.

Lorsque je franchis la porte d'entrée, j'espère toujours être accueillie par les miaulements de Giscard. Mais cela n'arrivera plus. Il y a quelques mois, notre chat est mort de vieillesse, à dix-sept ans. D'après le vétérinaire, il est rare qu'un chat de gouttière vive autant. Il a ajouté qu'on pouvait s'estimer heureux de l'avoir gardé si longtemps. N'empêche qu'il me manque.

Nous montons directement dans notre chambre et Michel se couche tout de suite. J'avais d'autres projets en tête pour conclure cette soirée en beauté.

— Je ne comprends pas, tu n'avais pas quelque chose à m'offrir ?

— Ah oui, j'avais oublié. Il est tard, je te le donnerai demain.

— Tu plaisantes ? J'attends ce moment depuis que tu as fait tant de mystère autour de ce paquet, tout à l'heure. Je ne pourrai pas dormir sans l'avoir vu.

— Bon, bon... je vais le chercher. Je l'ai laissé en bas.

À contrecœur, Michel s'extirpe du lit, descend et remonte avec le paquet.

— J'espère que la soirée t'a plu, demande-t-il en me tendant mon présent.

— C'était vraiment sympa. Tout compte fait, c'était une bonne idée. Je te remercie d'avoir organisé cette surprise avec Patricia et Maman. Alors, voyons voir... que peut bien contenir cette boîte ?

Je défais le nœud en satin et retire le couvercle. Sous le papier de soie se cache un joli petit ensemble en dentelle rouge et noir, un porte-jarretelles assorti et les bas qui vont avec. Je comprends mieux pourquoi Michel a insisté pour que je ne le déballe pas devant tout le monde. C'est assez olé-olé... J'imagine la tête qu'auraient faite ma mère et mes filles ! Ce n'est pas du tout le genre de sous-vêtements que je porte habituellement. Je crois que mon mari a envie de pimenter notre vie sexuelle. Le message est limpide.

— Waouh ! c'est très joli.

— Tu aimes ?

— Oui, beaucoup ! En revanche, tu crois vraiment que c'est ma taille ? dis-je en levant le string riquiqui.

— J'ai acheté ça sur un coup de tête, aujourd'hui, en passant devant la vitrine. Je n'ai pas pu vérifier ta taille. Je ne me promène pas avec tes mensurations notées sur un post-it dans mon portefeuille, désolé, ajoute-t-il d'un air vexé.

— Je te confirme, je ne rentrerai jamais là-dedans…

Michel m'arrache les dessous des mains, les remet dans la boîte qu'il referme brutalement avant de la lancer sur le fauteuil de la coiffeuse.

— Tu me donneras ta taille et j'irai le changer. Maintenant, dormons.

— Dormir ? Pas question, mon chéri ! Tu as mérité une punition.

— Francine, t'es chiante ! Tu ne vas pas me refaire le coup de la nympho…

— Plains-toi ! m'écrié-je en m'asseyant à califourchon sur lui.

19.

Juillet 2018
Le temps qui passe

— Dis, Michel, j'y pense… Le temps est passé depuis, tu peux me l'avouer maintenant : cet ensemble affriolant que tu m'avais offert pour mes quarante ans, il était vraiment pour moi ?

— De quel ensemble tu parles ?

— Tu sais, la lingerie en dentelle rouge et noir. Le string et le soutien-gorge minuscules que tu devais changer et dont je n'ai jamais revu la couleur. Tu avais prétexté que c'était une fin de série et qu'il n'y avait plus ma taille.

— Oui. Et alors ?

— Il était vraiment pour moi, cet ensemble ?

— Mais qu'est-ce que tu cherches, à la fin ? Évidemment qu'il était pour toi. Je te rappelle que tu m'avais pourri parce que le sac était déjà très cher et que tu n'avais pas besoin d'autres cadeaux. C'est même toi qui m'avais dit de laisser tomber.

— Je suis sûre que tu avais une aventure à cette époque-là.

— Francine, arrête ton char. Tu m'énerves.

— Allez, avoue-le, Michel. Cette femme, Maryline quelque-chose… c'était ta maîtresse, n'est-ce pas ?

Michel pouffa : le rire nerveux du parfait coupable.

— Qu'est-ce qui te fait dire ça ?

— Ta façon de la regarder. C'est comme si j'avais vu vos ébats défiler dans tes yeux pendant que tu la reluquais. Elle était raide dingue de toi, non ? Le coup du mari mort, je te jure : une invitation dans son lit. Pauvre veuve esseulée ! Si tu n'as pas compris qu'elle veut que tu la consoles…

— Tu es complètement folle, Francine.

— Allez, pour une fois dans ta vie, sois honnête ! Combien de temps ça a duré avec elle ? Et avec qui d'autre ? Combien de fois m'as-tu trompée, Michel ?

— Tu as pété les plombs, ma pauvre !

— Allez, courage, avoue !

— Madame Francine ? Je peux vous déranger deux minutes ?

La future-ex-mariée s'était plantée devant moi. Son maquillage était ravagé, son voile avait disparu. Elle portait désormais un sweat atroce avec une inscription énorme : « Je peux pas, j'ai pas envie. »

— Que puis-je pour toi ?

— On peut se parler dehors, s'il vous plaît ?

Michel soupira. De soulagement ou d'agacement, difficile de le savoir. Je mis ma veste pour me protéger du petit vent frais qui s'était levé. Sur le trottoir, la jeune femme s'empressa d'allumer une cigarette.

— Vous en voulez une ?

— Oh oui, bonne idée, tiens !

Dès la première bouffée, je faillis m'étouffer.

— Euh, vous n'avez pas fumé depuis quand ?

— Longtemps.

J'étais au lycée quand j'avais essayé pour la première fois, ça devait être en seconde. Avec Patricia et Danielle, nous avions acheté un petit paquet de cigarettes. Il coûtait six francs, si mes souvenirs sont bons. On s'était cachées au fond de la cour pour crapoter. Cela ne m'avait pas plu mais de temps à autre, il m'arrivait d'en griller une, en soirée, juste comme ça, pour faire mon intéressante. La dernière, je l'avais fumée avec Sophie quand elle avait appris qu'elle était enceinte de Leo. Elle n'avait jamais repris. Quant à Claire, elle n'avait jamais fumé. Pas que je sache, en tout cas.

— Qu'est-ce que tu veux ? J'étais en pleine discussion avec mon mari.

— Oh oui, j'ai vu… ça vous arrive souvent de vous engueuler comme ça ?

— Non, jamais. Mais ce soir, j'ai de vieux comptes à régler.

— Le soir de votre anniversaire de mariage ? lança-t-elle en expulsant la fumée.

— Je n'ai pas choisi. Bon, que puis-je pour toi ?

— Voilà… Je me demandai si je devais annoncer maintenant à mes amies que le mariage n'aura pas lieu.

— Alors, ça y est, tu es sûre de toi ?

— Ouais, je crois que vous avez raison. Je peux pas épouser un mec que j'aime pas.

— Ça semble évident.

Elle tira longuement sur sa cigarette. Moi, je m'étouffais à chaque bouffée. Force était de constater que je me ridiculisais. Les autres fumeurs sur la terrasse pouffaient en me voyant.

— Maître Rolland, quelle surprise ! Ça me fait vraiment plaisir de vous revoir.

Une petite femme attrapa ma main qu'elle serra vigoureusement. Décidément, c'était la soirée de retrouvailles.

— Vous ne me reconnaissez pas ? Sylvie Rousseau. Vous m'avez défendue en 1999.

— J'ai défendu tellement de monde… Je suis désolée, je ne me souviens pas.

— On avait gagné.

— Tant mieux.

— Mon mari me trompait avec sa secrétaire…

— Classique. Si vous saviez le nombre de fois où c'est le cas…

— Désolée de vous interrompre, lança Cindy. Mais, j'étais là avant !

— Oh, pardon, s'excusa mon ex-cliente en la détaillant de haut en bas. J'ai été ravie de vous revoir, maître.

— Pareillement, dis-je par politesse.

Sylvie Rousseau s'éloigna guillerette au bras d'un homme. Elle semblait heureuse. J'en avais aidé, des clients, à retrouver leur liberté ! Pourquoi étais-je restée mariée si longtemps, moi ?

— Ah, je viens de comprendre : l'histoire du cabinet... Vous êtes avocate, c'est ça ? me demanda Cindy.

— Oui, depuis quarante ans.

— Waouh, la classe ! Bon, alors, que pensez-vous de mon cas ? Qu'est-ce que je dois faire, d'après vous ?

— Je ne suis pas conseillère conjugale mais, à mon avis, tu devrais d'abord informer le principal intéressé, ton ex-futur mari. Continue à faire comme si de rien n'était ce soir, avec tes amies. Amusez-vous ! Et demain, tu règles le problème avec lui. Mais ne tarde pas. Plus la date approche, plus ce sera compliqué pour tout le monde.

— OK, ça marche !

— Parfait. Merci pour la cigarette.

— De rien. Merci à vous. Vous êtes un peu comme mon ange gardien, ce soir.

— Un ange gardien, ça m'étonnerait.

— Ça n'a pas l'air d'aller fort avec votre mari. Trente-neuf ans, vous avez dit ?

— Oui, trente-neuf.

— Je n'en reviens toujours pas... Personne n'a tenu aussi longtemps dans mon entourage.

— Ce n'est pas une obligation, tu sais. Allez, j'y retourne. Courage à toi !

— Merci. À vous aussi.

— J'en ai besoin...

À notre table, Michel terminait nerveusement son moelleux au chocolat, mon dessert préféré. En temps normal, il m'en aurait laissé qu'une bouchée. Mais ce soir, tout était différent. Il paraissait amer, aigri, irrité. Visiblement, j'avais mis le doigt là où ça fait mal.

— Tu es revenue ?

— Ça te pose un problème ?

— Francine, je t'en prie. Arrêtons de jouer à ce petit jeu.

— À quel petit jeu, mon chéri ?

Je me sentis mal, tout à coup. Mon hypocrisie me donnait la nausée. Que souhaitais-je, au fond ? N'étais-je pas en train de lui chercher des poux pour me déculpabiliser ? Pour me donner de bonnes raisons de partir. Allais-je faire preuve de lâcheté encore longtemps ?

20.

Novembre 1999
Apocalypse

Ils me font tous suer avec le nouveau millénaire qui approche. Les gens sont de plus en plus dingues, je vous jure. Certains prédisent la fin du monde, les centrales nucléaires qui vont s'arrêter, les avions qui vont se crasher, tous les systèmes informatiques qui vont bugger. C'est vraiment n'importe quoi ! Et cet Internet qui prend de plus en plus de place dans notre quotidien. Je ne sais plus quoi penser de ce monde qui évolue trop vite à mon goût.

Et puis, je déteste l'automne. Je n'aime pas cette période de l'année, aussi parce que le 11 décembre n'est pas loin et qu'inévitablement, il me rappellera de très mauvais souvenirs. Je me sens seule et je l'ai bien cherché. Je pourrais travailler à la maison mais je préfère rester à l'étude. Le cabinet s'est agrandi et deux autres avocats nous ont rejoints. La présence de mes collègues me rassure, surtout celle de Nicolas. Il me soutient beaucoup, parfois plus que Michel. Mais comment pourrais-je le lui reprocher ? Je n'ai jamais été très présente à la maison, c'est lui qui a géré la scolarité des filles et qui s'est occupé de tout ce qui les concerne : les crises d'adolescence, les conflits, les rivalités entre sœurs et même les premiers chagrins d'amour. Claire est en première année de LEA, anglais et allemand, et Sophie est en terminale ES. Elle veut s'inscrire en droit… comme moi. Pourtant, je n'ai rien fait pour l'encourager dans cette voie. Je suis loin d'être un bon exemple pour elle. J'en viens à me demander si je suis une bonne mère. Je nourris des regrets sans pour autant y remédier et les jours passent les uns après les autres, sans saveur.

Il est près de minuit et je suis encore plongée dans une sordide affaire de divorce. Ma cliente, Sylvie Rousseau, a découvert que son mari menait depuis toujours une double vie avec sa secrétaire. L'horreur ! J'en viens à me demander si Michel n'a pas lui aussi une double vie. J'ai quarante-trois ans, lui bientôt cinquante-cinq. Il ne me touche plus depuis plusieurs mois. C'est triste mais ça m'est égal et je m'en accommode, la plupart du temps. Lorsque je rentre le soir, je le trouve souvent endormi sur le canapé et monte me coucher sans lui. Quand il n'y passe pas la nuit, il me rejoint tard, sans même me frôler. Seule la chaleur de sa peau qui réchauffe les draps me signale sa présence.

*

— Maman, il faut que je te parle.

— Pas maintenant, Sophie. Je dois partir, je suis pressée.

— Tu es toujours pressée. Tu n'as jamais de temps à nous consacrer.

— Tu ne peux pas voir ça avec ton père ?

— C'est Papa qui m'a dit de t'en parler.

— Bon, dépêche-toi ! Qu'est-ce qu'il y a ? demandé-je en regardant ma montre.

— Je voudrais prendre la pilule.

— Pardon ? Comment ça, tu voudrais prendre la pilule ? Pour quoi faire ?

Sophie éclate de rire.

— Est-ce qu'il faut que je te fasse un dessin ? J'ai dix-sept ans, j'ai un copain, et il est allergique aux préservatifs. Ça te va, comme réponse ?

— Attends une seconde. Tu as eu cette conversation avec ton père ?

— Bien sûr que non ! Tu imagines sa tête si je lui disais un truc pareil ? Il croit toujours que nous révisons le bac quand on s'enferme dans ma chambre.

— Papa sait que tu as un petit copain ? Et, il vient ici, chez nous ?

— Bah oui. Papa l'a déjà croisé. Il ne t'a rien dit ?

— Non. Et depuis quand ?

— Depuis la rentrée.

— Et vous couchez ensemble, déjà ?

— Je ne vois pas ce qui te choque, Maman. On est en l'an 2000, bientôt. Tu croyais quand même pas que j'allais attendre de me marier pour faire l'amour avec des garçons !

— Claire aussi couche avec des garçons ?

— Ben ouais, depuis longtemps. C'est logique, Maman, elle est plus vieille que moi.

— Oh mon Dieu. Mais pourquoi ne m'en a-t-elle pas parlé ?

— Moi, je t'en parle ! Tu veux bien me prendre un rendez-vous avec ton gynéco, s'te plaît ?

— Nooooon. Enfin oui, c'est important de se faire suivre... Mais ce garçon, c'est qui ?

— Oh ! Maman, laisse tomber, tu le connais pas.

— On reprendra cette conversation plus tard, OK ? Il faut vraiment que j'y aille.

— Ah, et je voudrais aussi... un téléphone portable.

— As-tu réellement besoin d'un téléphone, Sophie ?

— Toutes mes copines en ont un ! C'est la classe !

— La pilule, le portable... Et puis quoi encore ? On verra tout ça plus tard. Je suis vraiment très pressée.

— Tarde pas trop quand même. Si je tombe enceinte, ce ne sera pas ma faute...

Je ne sais pas ce qui me prend, j'attrape ma fille par le col de son chemisier soigneusement repassé, et lui hurle dessus :

— Sophie, tu vas arrêter ça tout de suite ! Je t'interdis d'avoir des rapports sexuels non protégés. Non seulement tu peux tomber enceinte comme tu le dis si bien, mais en plus, tu risques d'attraper des maladies. Le sida, ça te dit quelque chose ?

— Mais t'es pas bien dans ta tête ! Lâche-moi ! crie-t-elle, les larmes aux yeux. Pour une fois que je te demande un truc... Tu comprends rien ! T'es nulle comme mère ! Va donc défendre des inconnus, c'est tout ce que tu sais faire. On dirait que tu les aimes plus que nous, tes clients. Je te déteste ! s'exclame-t-elle avant de monter dans sa chambre et de claquer la porte si fort que tous les murs ont tremblé.

Je reste interdite un moment. C'est la première fois que l'une de mes filles me lance des horreurs pareilles à la figure.

*

« Tu es nulle comme mère. Tu es nulle comme mère. Tu es nulle comme mère... »

Mes rendez-vous ne parviennent pas à me faire oublier les propos de Sophie. Je crois qu'elle a raison. Je ne sais pas ce qui m'a pris. Je pourrais appeler Michel pour me plaindre de son attitude mais il risquerait de me dire qu'en plus d'être une mauvaise mère, je suis une piètre épouse. J'appelle Maman en espérant qu'elle sera libre pour le déjeuner, il faut que je la voie. J'ai besoin de comprendre ce que j'ai raté dans ma vie pour être aussi peu à l'écoute de mes enfants.

*

— C'est rare que tu m'appelles pour déjeuner. Qu'y a-t-il de si urgent ? Fais vite, j'ai mon cours de dessin à 14 heures.

Maman expédie deux bises sur mes joues et s'installe en face de moi, à cette table où quelques années plus tôt j'avais embrassé un autre homme que Michel. C'est un souvenir qui réapparaît chaque fois que je viens dans ce café. D'une certaine façon, je nourris l'espoir de le revoir. François a disparu de ma vie du jour au lendemain. Il n'est plus venu au cabinet et Nicolas ne m'a jamais reparlé de lui. Je sais simplement que son divorce s'est assez vite conclu et qu'il lui a obtenu une garde alternée.

Violette est en pleine forme. Elle rayonne. Pour la première fois depuis des années, je la vois telle une femme plutôt que telle une mère. C'est exactement ce sujet-là que j'aimerais qu'on aborde.

— Alors, maître, avez-vous perdu votre langue ? reprend-elle.

— Maman… si tu savais… dis-je sur un ton de fin du monde.

— Tu commences à me faire peur. Est-ce que tu as pleuré ?

— C'est Sophie…

— Oh, qu'est-ce qu'elle a, ma petite chérie ?

— Elle a dit que j'étais nulle comme mère. Tu te rends compte ?

Ma mère éclate de rire. Tiens, est-ce qu'elle aurait fait blanchir ses dents ?

— C'est donc ça qui te met dans cet état ! Tu as oublié toutes les fois où nous nous sommes fâchées, Francine ? Toutes les fois où tu m'as hurlé dessus ? Les mois que tu as passés sans m'adresser la parole ? Dois-je te rafraîchir la mémoire ?

— Mais moi, je ne t'ai jamais dit que tu étais nulle comme mère. Jamais !

— Oh que si, tu l'as dit. Peut-être pas avec des mots aussi simples que ceux de ta fille, mais avec des émotions, des cris, des silences, tu me l'as fait comprendre des centaines de fois.

— Je ne le pensais pas.

— C'est ça, être mère. C'est tout donner pour ses enfants sans forcément recevoir quelque chose en retour. Les mômes sont parfois ingrats. On a beau vous aimer à la folie, vous ne voyez en nous que l'autorité et la rigueur. Au mieux, vous pensez qu'on vous surprotège et donc, qu'on vous étouffe. Alors qu'en fait, c'est de la peur : on a juste la trouille de vous perdre d'une façon ou d'une autre. C'est fou que tu aies mis tout ce temps à t'en rendre compte.

— Merde…

— J'espérais une autre réaction de ta part.

— Maman… Je t'aime.

L'émotion me gagne. Pendant quelques secondes, ma mère savoure la spontanéité de mes paroles. Avec son pouce, elle essuie la larme qui roule sur ma joue.

— Tu sais que c'est la première fois que tu me le dis.

— Je suis désolée, Maman.

— Moi aussi, je t'aime, ma grande, plus que tout au monde. Enfin, à égalité avec ton frère, bien sûr. Tiens, mouche-toi, on dirait une lycéenne en plein chagrin d'amour, lance-t-elle en me tendant sa serviette en papier. Une brillante avocate comme toi, connue dans tout le quartier, tu ne peux pas t'effondrer comme ça devant tout le monde. Un peu de tenue, tout de même.

Je retrouve ma mère et ses bons conseils. J'esquisse un sourire.

— Qu'est-ce que je dois faire pour Sophie ?

— Et si tu m'expliquais votre dispute ?

Pendant qu'elle mange sa salade, ma mère m'écoute attentivement. Elle fait la moue, arque parfois un sourcil ou lève les yeux au ciel.

— Sophie est impulsive, dis-je. Je n'ai jamais eu ce genre de dispute avec sa sœur. Pourtant, il a bien fallu que Claire en parle avec quelqu'un. Avec qui aurait-elle pu aborder le sujet de la contraception ?

— Hum, hum… fait ma mère en détournant le regard.

— Quoi ? Vous en avez discuté toutes les deux ?

— Affirmatif.

— C'était déjà Lise qui lui avait expliqué ce qu'étaient les règles, et maintenant j'apprends que tu lui as parlé de contraception, toi ? Je n'en reviens pas. Pourquoi tu ne m'as rien dit ?

— Au risque de répéter les mots de ta fille, tu n'es pas super disponible…

— Si tu savais comme ça me contrarie. J'ai tout raté ! Je les imagine toujours enfants, je ne les ai pas vues grandir. Et dire qu'elles ont des rapports avec des garçons… Comment ai-je pu ne pas m'en apercevoir ?

— Bon, ce qui est fait est fait, tu ne peux pas revenir en arrière. Mais il n'est pas trop tard pour rétablir le dialogue et développer une plus grande complicité avec tes filles. Elles sont devenues des femmes, tu ne peux plus les traiter comme des gamines. C'est le bon moment pour créer un autre type de relation.

— Tu as sans doute raison.

— Je tiens à te rappeler que nous avons commencé à être complices quand tu as su que tu allais devenir maman et moi grand-mère.

— C'est vrai, je l'avais oublié. Merci Maman, ça me fait du bien d'en parler avec toi. Je ne pensais pas avoir ce genre de conversation avec toi un jour…

— Il n'est jamais trop tard pour se dire les choses. Voilà ce que tu vas faire : prends rendez-vous chez le médecin pour Sophie et propose-lui de l'accompagner. Achète-lui aussi un téléphone portable. Et surtout, aie confiance en ta fille, c'est quelqu'un de bien. Elle a la tête sur les épaules, bien plus que tu ne le crois. Et pour finir, arrête un peu de bosser : passe du temps avec ta famille plutôt qu'avec tes clients. Sur ce point, Sophie a entièrement raison. Depuis quand n'êtes-vous pas allés au cinéma tous les quatre ? À quand remonte ta dernière sortie en tête-à-tête avec Michel ?

— Je ne sais plus. Lui, c'est un autre sujet…

— Aïe, j'ai touché un autre point sensible, on dirait. Désolée, ma chérie, mais je n'ai plus le temps, lance-t-elle en se levant. Si tu veux, on instaure un déjeuner par mois pour se raconter nos petites histoires.

— C'est une excellente idée ! Aujourd'hui, c'est moi qui invite.

— D'accord. Merci, Francine.

— Attends ! J'ai un dernier truc à te dire, Maman.

— Vite alors, je ne veux pas rater le début de mon cours.

— Je suis désolée de n'avoir pas été présente à l'enterrement de Pépé. J'avais cette affaire à plaider et…

— Ce n'est pas à moi que tu as fait le plus de peine mais à ta grand-mère. Depuis quand ne l'as-tu pas appelée, d'ailleurs ?

Sa remarque me fait l'effet d'une gifle. Voilà des semaines que je n'ai pas pris de nouvelles de ma grand-mère. Bientôt, elle ne sera plus là et je m'en voudrai toute ma vie de l'avoir autant négligée. Je me sens nulle comme épouse, nulle comme mère, nulle comme fille et nulle aussi comme petite-fille.

*

Étrangement, mes règles ne sont plus revenues depuis ma dispute avec Sophie. Ça y est, me voilà dans la catégorie peu réjouissante des femmes ménopausées. Les vieilles, en somme. Je n'ai rien vu venir et je le vis très mal.

Le soir même, je m'étais excusée auprès de ma fille qui m'avait demandé pardon, elle aussi. Le lendemain, en concertation avec Michel, nous lui avions acheté un GSM. Elle était aux anges. Le samedi suivant, son petit ami est venu dîner à la maison. Il n'a pas été question qu'il reste dormir mais il faudra sans doute l'envisager prochainement. Je dois évoluer avec son temps même si je n'adhère pas à tous ces changements.

Le cabinet est fermé pendant quinze jours pour les fêtes. Les tribunaux sont en pause et les divorces attendront. Après le réveillon de Noël avec ma belle-famille, nous avons pris la route pour finir l'année dans la maison de mon enfance, celle de ma grand-mère.

Pour Noël, Mémé Jo a voulu réunir ses trois enfants et leurs conjoints respectifs. Tous sont déjà repartis sauf Maman qui nous attend là-bas. Christian, Laura et les garçons sont arrivés aussi. Mémé Jo est tellement heureuse de nous voir tous ensemble. Quand la météo le permet, nous faisons du ski de fond, et nous passons de longues soirées au coin du feu, à jouer aux cartes, à dorer des chamallows, à boire du vin chaud et à rire d'un rien. C'est doux, c'est sucré, c'est bon, ça nous fait un bien fou. C'est comme une sorte de dernier rendez-vous avant l'an 2000.

*

— 10, 9, 8, 7, 6, 5, 4, 3, 2, 1 : bonne année ! hurlons-nous en chœur.

— Et bonne santé, surtout. N'est-ce pas, Mémé ? dis-je à mon adorable grand-mère.

Mémé Jo, Maman, mes filles et moi restons enlacées un bon moment à nous souhaiter les meilleurs vœux du monde. Les garçons font des batailles de cotillons. Dans la pièce volent serpentins de couleurs, confettis et autres billes de papier. Tous jouent comme des gamins sauf Michel qui reste en retrait, collé à l'écran de télévision : il zappe pour s'assurer que toutes les chaînes fonctionnent. On ne s'est pas encore embrassés pour la bonne année. Je me dirige vers lui et lui prends la télécommande que je jette sur le fauteuil.

— Aucune coupure d'électricité, aucun bug : il n'y a pas eu de fin du monde. Nous sommes sauvés, mon chéri, dis-je enthousiaste en déposant un baiser sur ses lèvres. Que pourrions-nous nous souhaiter pour l'an 2000 ?

— D'être heureux, ce serait bien, propose Michel.

Je ne sais pas comment l'interpréter. Est-ce que cela signifie que nous ne le sommes pas vraiment ? qu'il ne l'est pas ? Est-ce qu'il traverse aussi une crise que je n'ai pas vu poindre ? Les questions m'assaillent mais je refuse de laisser cette petite phrase gâcher les premiers instants de cette nouvelle année.

Il est près d'une heure du matin quand ma grand-mère montre les premiers signes de fatigue. Maman l'accompagne jusqu'à sa chambre. Les autres sont désormais sur leurs téléphones portables en train d'envoyer des textos à leurs amis. Je les imite et adresse mes meilleurs vœux aux quelques contacts de mon répertoire : Nicolas, Patricia, ma filleule Gaëlle, et ma belle-sœur Lise. Finalement, je n'ai pas tant d'amis. Je me console un peu en me disant que les gens qui comptent sont ceux qui sont réunis ce soir dans cette maison. Dehors, le vent souffle mais beaucoup moins fort que ces jours derniers où une violente tempête a secoué la France. Sauf qu'une tempête peut en cacher une autre. Elle ne prévient jamais quand elle va frapper.

Le lendemain matin, les adultes tombent du lit. Les jeunes font la grasse matinée, ils ont veillé tard. Michel a rapporté des viennoiseries de la boulangerie, il est joyeux et de bonne humeur. Cette nuit, nous avons fait l'amour. Je veux croire à un nouveau départ à l'aube de cette année. Nous nous sommes beaucoup éloignés ces derniers temps. Moi aussi, j'aimerais qu'on soit heureux. Les filles ne tarderont pas à prendre leur envol et nous resterons tous les deux. Autant raviver la flamme avant qu'il ne soit définitivement trop tard. Un jour, Patricia m'a dit : « Plus tu feras l'amour, plus tu en auras envie. » J'espère lui donner raison. Renouer avec les plaisirs charnels, voilà donc ma première résolution. Cette nuit, Michel a très vite compris mes intentions et repris avec plaisir les commandes de nos ébats. Mais je n'ai pas reconnu sa façon de me faire l'amour. J'ai pensé qu'il voulait chambouler nos vieilles habitudes et me suis laissé guider. J'ai obéi à ses gestes et à ses invitations qui ont ranimé certains désirs enfouis. Bref, c'était bon et cela faisait belle lurette que je n'avais pas ressenti de telles émotions. Peut-être mon corps n'est-il pas mort, juste endormi, et qu'il n'attend que cela : se réveiller d'un profond sommeil et revivre, enfin.

*

Il est déjà midi, tout le monde est debout, désormais. Seule Mémé Jo tarde à nous rejoindre. Ce n'est pas dans ses habitudes. D'ordinaire, c'est elle qui se lève la première pour préparer le petit déjeuner. Ma mère qui jusque-là voulait la laisser se reposer, se décide à aller voir. Elle ne redescend pas tout de suite. Les minutes s'étirent. C'est Christian qui la trouve au chevet de sa mère, endormie pour l'éternité.

Mémé Jo est morte. Le 1er janvier 2000. C'est le bug de la famille Berthier. Il en fallait un pour gâcher la fête. Elle aurait eu quatre-vingt-neuf ans cette année. Elle est partie le sourire aux lèvres. Ma mère pleure en silence et nous restons tous un long moment autour de son lit. Mémé tient sur sa poitrine une photo d'elle avec Pépé René qui trônait habituellement sur sa table de chevet. Elle doit être heureuse à présent. Partir dans son sommeil après avoir pu dire au revoir à tous ceux qu'on aime, on ne peut rêver plus belle mort.

*

Avec le décès de Mémé Jo, mes bonnes résolutions du réveillon se sont envolées. L'année 2000 ne sera pas à la hauteur de mes espérances. Ni les suivantes, d'ailleurs. La vie passe et les préoccupations évoluent. On traverse des tempêtes qu'on surmonte plus ou moins. On commence à décompter le temps qui nous reste à vivre, à surveiller les bobos qu'on tente de prévenir plutôt que guérir. Certaines connaissances partent trop tôt : cancer, AVC, maladies non identifiées ou tenues secrètes par pudeur… notre famille n'y échappe pas. Le père de Michel meurt en 2003, sa mère, l'année suivante. Jean et Françoise n'étaient plus tout jeunes, certes, mais leur perte m'a particulièrement affectée. Ils m'appréciaient beaucoup et c'était réciproque. Et quand les parents nous quittent, inévitablement, on se dit qu'on sera les prochains. Et on s'inquiète encore plus pour nos gosses qui sont, à leur tour, concernés par les tourments de la vie d'adulte. Ma grand-mère disait toujours : « Petits enfants, petits soucis. Grands enfants, grands soucis. » Plus tard, ma mère le répétait aussi. Comme elles avaient raison ! Entre ceux qui meurent et ceux qui quittent le nid, mon sentiment de solitude s'intensifie.

Claire quitte le foyer en juin 2004 pour s'installer avec son copain Wilfred, un Néerlandais rencontré lors d'un stage à l'étranger. J'espérais la garder près de moi plus longtemps, mais la vie en a voulu autrement, elle s'expatrie aux Pays-Bas. Claire a toujours été discrète sur ses relations amoureuses. Pas comme Sophie qui a multiplié les histoires, aussi intenses qu'éphémères, avant de s'installer avec Marc courant 2007.

Presque du jour au lendemain, Michel et moi nous sommes retrouvés bien seuls dans notre grande maison. Michel ne l'a pas bien vécu. Il était très proche de ses filles, plus que moi, en fin de compte. Voir deux inconnus lui retirer ses princesses n'a pas été facile, d'autant que les relations que nous avons avec nos gendres sont particulières. Malheureusement, la communication est restreinte avec Wilfred qui ne parle pas un mot de français. Quant à Marc, on a beau parler la même langue, on ne se comprend pas : divergence d'opinions, de mentalités, d'éducations. Il a des propos tranchés sur tout et il adore les conflits, c'est agaçant. Il ne fait aucun effort pour être apprécié de la famille et je sens que Sophie en souffre. J'ai peur qu'elle ne soit pas heureuse.

21.

Juillet 2018
Brouillard total

— De quel petit jeu tu parles, mon chéri ?

— Tu sais très bien de quoi il s'agit, lança Michel.

— Non, vraiment, je ne vois pas. Tu veux bien m'éclairer ?

— Est-ce qu'il faut vraiment réveiller de vieux démons ?

— C'est toi qui abordes le sujet. Il faut savoir ce que tu veux.

— Francine, tu as fait la gueule toute la soirée.

— Et pour cause : tu préfères ton téléphone à moi.

— Tu m'ennuies, Francine. Le téléphone n'est qu'une excuse. Il y a des tas de raisons qui font qu'on ne se supporte plus.

— Tu ne me supportes plus ? C'est toi qui le dis, pas moi.

— Francine… Ce que je supporte plus, ce sont tes sous-entendus, tes petites remarques, tes piques et tes reproches. Si tu voulais me quitter, pourquoi ne l'as-tu pas fait ?

— Je te le répète, j'ai manqué de courage. Tu avais de meilleures raisons que moi de partir. C'était à toi de le faire.

— Tu oublies un paramètre important : je t'aimais.

— Ah oui, tu « m'aimais » ? Au passé…

— Tu joues sur les mots, encore et toujours. Sois honnête pour une fois dans ta vie. Est-ce que tu m'aimes ? Regarde-moi dans les yeux et dis-le.

— Je n'y arrive pas. Je suis navrée.

— Donc tu ne m'aimes plus. C'est aussi simple que ça. Je peux savoir depuis quand ?

— Je n'ai pas calculé. Il y a eu cette histoire, après ton pot de retraite…

— Tu te moques de moi, j'espère ! C'était il y a dix ans. Tu te poses la question de savoir si tu m'aimes ou pas depuis dix ans ?

— Tu te souviens de notre dispute, après la soirée ?

— Tu as vraiment le chic pour ressasser le passé…

— Tu étais tout le temps entouré de femmes…

— Quelles femmes ? m'interrompit-il. De quoi tu parles ? Mais enfin, Francine… Si j'avais eu une maîtresse à l'époque, crois-tu que je serais encore assis en face de toi, ce soir ?

— Je ne sais pas. Je ne sais plus où j'en suis, mais ce dont je suis de plus en plus certaine, Michel, c'est que je ne suis pas heureuse. Et cela dure depuis trop longtemps. Je ne peux plus vivre comme ça. Je ne veux pas finir mes jours dans cet état. Je veux que ça s'arrête. Je veux qu'on se sépare.

— Tu ne penses pas ce que tu dis ! lança-t-il en se mettant à rire. On nage en plein délire.

— Je suis très sérieuse, au contraire.

— Écoute, cette conversation m'énerve profondément, je vais aux toilettes, dit-il en se levant d'un bond.

À la manière d'un vieux beau, il remonta son pantalon et replaça sa mèche blanche. Il fit exprès de passer devant la table de son ancienne collègue et dégaina son sourire « *all bright* » tout en décochant un clin d'œil séducteur. Au même moment, son téléphone resté sur la table se mit à biper. Tiens donc, Maryline. Je ne pouvais lire que le début du SMS qui s'affichait sur l'écran : « Tu es toujours le même. Et si on… »

J'eus un haut-le-cœur. Dans ma tête, tout s'éclaira. C'était maintenant ou jamais. Mon choix était fait.

22.

Juin 2008
Avec le temps va, tout s'en va…

Ce soir, nous fêtons le départ à la retraite de Michel. Tout le gratin du secteur a fait le déplacement. Je reconnais quelques confrères, d'anciens majors de promo devenus de brillants avocats qu'il m'arrive de croiser parfois dans les tribunaux. Le ministre de l'Éducation nationale et le directeur de l'académie sont venus en personne pour lui remettre sa médaille du travail. Quarante ans de bons et loyaux services. Michel a passé toute sa carrière entre ces murs, enseignant le droit à des milliers d'étudiants avant de devenir le directeur de l'université. Je suis fière de lui, et très émue de vivre ce moment à ses côtés.

C'est drôle de revenir ici après toutes ces années. Et dire que c'est là qu'est né notre amour. Certes, le placard à balais n'existe plus. Les locaux ont subi quelques transformations, comme celles que nous en avons traversées tout au long de notre vie. L'être humain est en perpétuel chantier. Son évolution ne s'arrête que lorsqu'il meurt.

L'amphithéâtre est plein à craquer. Michel fait un très beau discours. Je reconnais son éloquence qui m'avait tant charmée à l'époque où j'étais moi-même assise sur ces sièges. Il planche dessus depuis des jours. Plusieurs fois, je l'ai entendu réciter des bribes dans la salle de bains, devant le miroir, sous la douche, et même aux toilettes. Il n'a pas voulu que j'y jette un œil, probablement parce qu'il voulait me faire la surprise d'être citée au même titre que nos filles. Elles aussi ont fait le déplacement. Toutes deux sont enceintes et toutes deux attendent un garçon ; celui que je n'ai jamais réussi à mettre au monde et qui m'a valu, jadis, de longues périodes de dépression. Je vais être grand-mère, je ne m'y fais pas. J'espère que je serai meilleure dans ce rôle que dans celui de mère. Géographiquement, ce sera compliqué avec le bébé de Claire, laquelle a obligation de lui apprendre le français. Quant à Sophie, qui vit à Paris mais qu'on voit rarement, j'espère qu'elle nous le confiera de temps en temps. Je me sens redevable vis-à-vis de mes filles qui, bien trop souvent, ont dû se passer de moi.

*

Après les discours officiels, nous trinquons à la pugnacité et au repos bien mérité de mon mari devant un copieux buffet. Michel passe d'un convive à l'autre pour saluer tout le monde, puis je l'aperçois qui s'éclipse en charmante compagnie. Je laisse mes filles profiter du cocktail et me fraye un chemin parmi la foule pour le suivre.

Michel et moi avons toujours eu une vie sentimentale en dents de scie, ponctuée de retrouvailles et de périodes d'éloignement. En ce moment, il est plutôt distant, mais j'ai mis cela sur le compte de son futur statut de retraité. Ce n'est pas facile pour lui de couper les ponts. Il s'est accroché plus qu'il n'aurait dû… Il a presque fallu le pousser vers la sortie. C'est d'ailleurs vers la sortie de l'établissement que se dirigent Michel et sa cavalière. Une fois dehors, il sort son briquet pour allumer sa cigarette. De son autre main, il protège la flamme du vent. Il me semble que ses doigts s'attardent sur le visage de la femme, mais je me trouve trop loin pour en avoir la certitude. Il faudrait que je puisse m'approcher davantage. À pas de loup, je parcours encore quelques mètres et me dissimule derrière une colonne en béton. Discrètement, j'essaie de lire sur leurs lèvres, mais je ne distingue rien qui confirme une quelconque intimité. Je pourrais les rejoindre l'air de rien mais je passerais pour une femme jalouse et possessive, ce que je ne suis pas. Je reste un moment à les observer mais ils ne font rien d'autre que discuter. Mon cœur bat à tout rompre. Je me suis fait des idées. Michel est quelqu'un de bien.

Ces investigations m'ont donné chaud. J'opère un demi-tour et passe par les toilettes pour me rafraîchir avant de rejoindre mes filles et Nicolas, qui a réussi à se libérer pour l'occasion. Grâce à une coupe de champagne, je retrouve un semblant de sérénité.

*

La soirée se termine dans la joie et la bonne humeur. Michel ne remettra plus les pieds à la Sorbonne. Il s'arrête un instant devant le bâtiment, soupire profondément, comme s'il tournait la dernière page d'un roman. Moi aussi, je me sens subitement nostalgique et repense à toutes les fois où nous avons quitté cet endroit collés l'un derrière l'autre sur sa Vespa. La belle époque.

Aidés de Nicolas, Claire et Sophie, nous chargeons les cadeaux dans le coffre de la voiture. Malgré notre invitation, Claire préfère passer la nuit chez Sophie. Demain, elle reprendra un vol pour Amsterdam. Déjà.

Dans la voiture, Michel est silencieux. Les rues sont presque désertes. Il est tard. Je pose ma main sur sa cuisse, mais il est insensible à ma caresse. J'essaie de détendre l'atmosphère.

— Tu as l'air soucieux. Ça ne va pas ?

— Bof, Francine. Je ne suis pas certain d'aimer ma vie sans ce travail.

Sa réplique me blesse, mais je connais la maladresse de Michel ; il ne dit pas cela contre moi, j'en suis convaincue.

— Mais non, Michel. Songe à la liberté qui s'offre à toi. Tu vas enfin pouvoir te reposer, vaquer à d'autres occupations, aller pêcher si ça te chante, passer du bon temps…

— Mouais, lâche-t-il, mélancolique.

— Avoue que certaines personnes vont te manquer. Peut-être même une personne en particulier.

Michel tourne les yeux vers moi.

— Tu penses à qui exactement ? Précise ta pensée !

Ce n'était pas prévu, mais les mots m'échappent. J'ai besoin d'en avoir le cœur net.

— Je t'ai vu, avec cette femme…

Michel éclate de rire.

— Cinquante pour cent des invités étaient des femmes et toi tu m'as vu avec « une » femme ? T'es sacrément fortiche !

— Ne fais pas l'innocent, je vous ai vus sortir tous les deux fumer une cigarette.

— Je ne vois pas où est le mal. Tu m'as vu l'embrasser ? Non ! Tu m'as vu la prendre dans un coin ? Non ! Tu m'emmerdes !

— Tu n'es pas obligé d'être vulgaire !

— Mais c'est toi qui me pousses à bout ! C'était ma soirée. Elle se passait à merveille jusqu'à ce que tu viennes tout gâcher avec tes suspicions à la con. Tiens, puisque tu es persuadée que je te trompe, prends mon téléphone et fouille dedans ! Tu verras bien que je n'ai aucune maîtresse… s'écrie-t-il en balançant son portable sur mes jambes.

— Jamais je ne ferais ça.

— Pourquoi ? Tu en meurs d'envie ! Vas-y, te gêne pas !

— J'ai dit non.

— Alors arrête de te poser mille questions !

— Je n'y arrive pas, dis-je avec un sanglot dans la voix.

— Mais qu'est-ce qu'il y a ? Tu pleures, maintenant ? s'inquiète-t-il en bifurquant dans une rue déserte.

— Je suis désolée, Michel. Je suis à cran. J'ai l'impression de te perdre, en ce moment. Ça m'affole.

— Mais qu'est-ce que tu vas t'imaginer, Francine ? murmura-t-il plus calme en se garant.

— Tu ne me touches plus. Je vois bien qu'il n'y a plus d'amour entre nous. Cette femme, tu la dévorais des yeux. Ce regard que tu posais sur elle, je ne le vois plus sur moi.

— Arrête ça, tu veux... Je vais te montrer que j'ai toujours envie de toi, lance-t-il en coupant le contact.

Il me regarde en secouant la tête puis se penche sur moi pour m'embrasser. D'un coup, il incline mon siège.

— Michel, que fais-tu ?

— Je vais te faire l'amour.

— Ici ?

— Pourquoi pas ? Il n'y a personne dans cette rue. Il est tard. Tout le monde dort, c'est excitant. Touche, dit-il en prenant ma main qu'il pose sur son sexe rigide. Tu sens l'effet que tu as sur moi ?

— Tu es devenu fou ! m'exclamé-je en le repoussant. On ne va pas faire ça là ! Rentrons à la maison !

— Voilà, c'est bien ce que je pensais, proteste-t-il en se rasseyant à sa place. Tu fais ta rabat-joie, comme toujours. Alors, s'il te plaît, ne viens pas te plaindre que je ne te touche plus.

*

Michel ne m'adresse plus la parole depuis cinq jours. Pour éviter de le croiser, je pars à l'aube et rentre tard le soir. Depuis notre dispute, il dort dans la chambre de Claire. J'attends des excuses de sa part, mais elles ne viennent pas. Je commence à m'inquiéter, alors je mets ma fierté de côté et décide de faire le premier pas. Le sixième jour, je rentre plus tôt et prépare un bon repas. Pour être franche, je suis passée acheter des petites choses à picorer chez le traiteur du coin. Michel n'est pas là, il doit être parti courir. En l'attendant, je dresse une jolie table sur laquelle je dispose des bougeoirs. Tout est prêt, lorsque mon téléphone sonne. C'est lui.

— Allô, dis-je un peu froidement, surprise par son appel.

— Où tu es ?

— Chez nous.

— Déjà ?

— Oui, je...

— Ne m'attends pas pour dîner. J'ai rencontré un copain, nous allons manger un bout ensemble.

— Ah, d'accord. Ne rentre pas trop tard, hein...

— Je rentrerai quand j'en aurai envie, lance-t-il avant de raccrocher.

Il n'en faut pas davantage pour que mon esprit se mette à carburer à plein régime. Je m'assois à la place de Michel, me sers un verre de vin rouge qui décantait depuis une heure dans la carafe en cristal.

Je bois plus que de raison. J'ai envie qu'un homme me prenne dans ses bras, qu'il me donne du plaisir. Pour la première fois, j'aurais aimé avoir un amant vers qui me tourner. J'attrape mon BlackBerry et envoie un texto à mon associé :

Salut Nico ! Tu ne voudrais pas passer à la maison ?

Qu'est-ce qui se passe, ma jolie ?

Michel est sorti, je me sens seule. Tu coucherais avec moi ?

Immédiatement, mon téléphone sonne.

— Oui !

— Francine, qu'est-ce que tu me fais, là ? s'enquiert Nicolas.

— …

— Francine ! Réponds ! À quoi tu joues ?

— Je me demande si je suis toujours capable de donner du plaisir à un homme.

— Et pour vérifier, tu penses à ton meilleur ami pédé ! Tu as perdu la raison ?

— Je suis désolée, Nico. Je ne savais pas à qui m'adresser. Par amitié pour moi, s'il te plaît, tu veux bien faire l'amour avec moi ?

— Oh toi, tu as bu !

— Un peu… j'avoue.

— Bon, écoute-moi bien, Francine. Prends une bonne douche et file te coucher ! Donne-toi du plaisir en solitaire si besoin. Ton mari ne va pas tarder, j'en suis certain. Il ne faudrait pas qu'il te trouve dans cet état.

— Si, justement ! C'est sa faute si je suis dans cet état. Je suis sûre qu'il a une maîtresse.

— Tu déconnes à plein tube, Francine.

— OK, tu ne veux pas soutenir ta copine en détresse ? Donne-moi le numéro de François, alors.

— Quel François ?

— Ton client qui était amoureux de moi... Vous étiez copains... Tu t'es occupé de son divorce.

— Je ne vois pas de qui tu parles. Et puis, même si je voyais, je ne te donnerais pas son numéro. Tu pètes les plombs, ma pauvre ! Ne viens pas bosser demain et passe la journée avec ton mari, je crois que vous en avez grand besoin.

— Ohhh, t'es pas sympa !

— Tu me remercieras plus tard. Bonne nuit, ma douce.

*

Après avoir fini la bouteille, je monte dans ma chambre et m'endors rapidement. La nuit est agitée. Je rêve que je fais l'amour avec des tas d'hommes différents. J'ai vingt ans de moins, un corps de jeunette et je couche avec tous ceux qui croisent mon chemin. Je termine avec l'un et recommence avec un autre.

Au petit matin, les bruits de la rue me tirent de ma torpeur. Il est tôt, il fait déjà jour. Mes tempes vibrent. Mes neurones mettent un certain temps à se reconnecter. Les draps sont humides et je me souviens… Une main est posée sur ma poitrine nue. Je prends peur. La place à côté de moi est occupée. Dans la pénombre, je ne distingue pas l'inconnu avec qui j'ai passé la nuit. Qui a pu abuser de moi pendant mon sommeil ? Ou plutôt, qui m'a donné tant de plaisir ? Je prends mon téléphone portable pour allumer la lampe torche. Je ressens une pointe de déception en découvrant le visage de Michel. Sa respiration est lente et apaisée. Il est nu comme un ver. La lumière l'éblouit.

— Mmmm, qu'est-ce que tu fous, Francine ?

— Rien, désolée ! Je ne t'ai pas entendu rentrer, et encore moins senti te glisser dans le lit.

— Comment ? Tu te moques de moi ? Tu ne te rappelles pas la nuit qu'on a passée ? C'était à peine fini que tu voulais déjà recommencer.

— Ah oui, bien sûr…

— Il va falloir que tu m'expliques ce que tu as bu et que tu en boives plus souvent. J'aime quand tu es insatiable.

— Très drôle ! dis-je en lui lançant un coussin sur la tête.

— Nicolas m'a appelé hier soir, reprend-il, plus sérieux. Il m'a dit que tu n'allais pas bien. J'ai planté mon pote, et je suis rentré dès que j'ai pu. J'ai vu les bougies et la bouteille vide… Je suis désolé de t'avoir posé un lapin. Et pardon d'avoir fait la gueule ces derniers jours…

— Tu m'as fait de la peine, tu sais.

— Je sais, je suis un con.

— Michel ?

— Quoi ?

— Je ne vais pas bosser aujourd'hui. S'il te plaît, fais-moi l'amour comme cette nuit.

— Encore ?! Mais tu vas me tuer ! Je suis vieux, moi. Si ça continue, va falloir que je prenne du Viagra.

— Tais-toi, dis-je en l'attirant vers moi.

23.

Juillet 2018
Avis de tempête

Je me levai d'un bond, me dirigeant vers Sergio qui desservait une table à quelques mètres de la nôtre.

— S'il vous plaît ?

— Oui madame, que puis-je pour vous ?

— Excusez-moi, je ne sais pas trop comment vous demander ça... Je m'en vais. Ce sont les clés de la voiture et le portefeuille de mon mari, il est parti aux toilettes.

Michel avait la fâcheuse habitude de me confier ses affaires pour avoir les poches vides. Il n'y avait que son portable qui ne le quittait jamais et quelques cartes glissées dans sa housse de téléphone. Enfin, sauf cette fois, comme s'il avait fait exprès de le laisser sur la table.

— Je suis désolé, Madame, je n'ai rien compris.

— Je n'ai pas le temps de vous expliquer. Donnez ça à mon mari, s'il vous plaît, dis-je, confuse, en posant tout ce bazar sur son plateau.

— D'accord. Je m'en occupe.

— Merci beaucoup !

Je sortis en furie, bousculant quelques fumeurs. Je m'en voulais de mêler Sergio à ma fuite. Je sentis son regard incrédule me poursuivre jusqu'au trottoir d'en face où un taxi patientait sagement. Je me précipitai dans l'habitacle.

— Vite, roulez s'il vous plaît ! ordonnai-je sans ménagement.

— Est-ce que vous êtes en danger, madame ?

— Pas du tout ! Mais je vous en supplie, démarrez ! Vite !

Le taxi fit ses premiers mètres. Je me retournai et vis la silhouette de Michel sortir du restaurant. Je m'allongeai sur la banquette arrière pour qu'il ne puisse pas me voir.

— Eh ben, c'est ce qu'on appelle un démarrage en trombe. Où allons-nous ?

— Je ne sais pas, roulez, c'est tout ce que je vous demande !

Mon téléphone se mit à sonner. C'était Michel. Je ne décrochai pas. Il sonna encore.

— Ça insiste, on dirait…

— Cela ne vous regarde pas !

Ce chauffeur était bien curieux. Je mis mon téléphone sur silencieux et le rangeai au fond de mon sac. Où aller ? Je ne voulais pas rentrer chez nous. Les larmes dévalaient sur mes joues.

— Je roule mais j'aimerais bien savoir vers où ? insista le conducteur. Voulez-vous voir la tour Eiffel ? Elle va s'allumer dans quelques minutes. Avec un peu de chance, nous arriverons à temps. Ses scintillements ont des vertus apaisantes, il paraît...

— Je m'en fiche de la tour Eiffel, marmonnai-je.

Le véhicule fit une embardée et s'arrêta net. Le conducteur se tourna vers moi et je vis son visage pour la première fois. C'était un Asiatique d'une cinquantaine d'années, peut-être plus, ou peut-être moins, je ne saurais dire...

— Madame, je suis chauffeur de taxi et, occasionnellement, psy. Enfin, c'est ce que déclarent certains de mes clients. Si vous souhaitez qu'on cause, je vous garantis que je suis tenu au secret professionnel : ce qui se passe dans ce taxi reste dans le taxi. Monsieur Chen, pour vous servir, lança-t-il joyeusement, sans accent.

Sa réplique me fit sourire. Il avait l'air sincère. Je reniflai bruyamment et décidai de me confier.

— Je viens de quitter mon mari.

— Vous voulez dire... définitivement ?

— Oui. On fêtait nos trente-neuf ans de mariage, ce soir.

— Aïe. Ça n'a pas dû être facile. Et vous êtes sûre de vous ? Quitter quelqu'un avec qui on a passé tout ce temps ne doit pas être évident.

— Je ne me rends pas encore tout à fait compte... Ce n'était pas prévu. Je n'ai rien vu venir.

— Il va tout de même falloir que je vous conduise quelque part. À l'hôtel peut-être ?

— Laissez-moi quelques minutes pour réfléchir...

— C'est vous la chef ! lança-t-il en caressant la moumoute léopard de son volant.

Je décidai d'aller chez Lise, la sœur de Michel. Nous étions amies. Elle me comprendrait peut-être.

Je guidai mon chauffeur à travers les rues de Paris puisque je ne connaissais pas son adresse exacte. Je savais juste qu'elle habitait à proximité du Jardin des Plantes.

Arrivée dans sa rue, je reconnus son immeuble. Je demandai au conducteur de stationner un instant afin que je puisse avertir ma belle-sœur de ma visite improvisée. Je n'avais pas vu l'heure : il était minuit passé. En tout cas, Lise était bien chez elle, la lumière de son salon était allumée.

Je l'appelai. Après quelques sonneries, elle décrocha enfin.

— Allô ! Qu'est-ce qu'il y a, ma belle ? Il est tard…

— Je peux venir chez toi ?

— Quoi ? Maintenant ? Pour quoi faire ? Tu es seule ou avec mon frère ?

— Non, je suis seule. Je l'ai quitté.

— Tu l'as QUOI ? hurla-t-elle au bout du fil.

— Je n'ai nulle part où aller, je t'en prie.

— Bien sûr, viens. Attends une seconde, c'est que…

Je sentis au ton de sa voix qu'il se passait quelque chose.

— C'est le bordel chez moi, tu seras là dans combien de temps ? reprit-elle, un brin paniquée.

— D'ici dix minutes, c'est bon pour toi ?

— Oui, OK, parfait. Juste le temps de ranger deux trois trucs qui traînent.

Quelques minutes plus tard, un homme sortit du bâtiment. Lorsqu'il aperçut le taxi à l'arrêt, il fonça droit vers nous. Plus il s'approchait et plus j'hallucinais : n'était-ce pas mon frère ? Mais bon sang, que faisait-il ici ?

Le conducteur de taxi abaissa la vitre côté passager.

— Bonsoir, est-ce que vous êtes disponible ?

— Dans quelques minutes, monsieur, dès que ma cliente sera descendue du véhicule.

Christian tourna le visage dans ma direction. Je le vis pâlir.

— Francine. Merde ! T'es déjà là ?

— En effet, Christian. Est-ce que tu peux m'expliquer ce que tu fichais chez Lise ?

— Ce n'est pas le bon moment. Monsieur n'a peut-être pas que ça à faire…

— J'ai tout mon temps, moi, répliqua monsieur Chen. Si vous voulez que je vous dépose quelque part, je peux patienter sans problème. C'est mon métier.

— Très bien. Je n'en aurai pas pour longtemps.

Je descendis du véhicule en remerciant ce dévoué chauffeur à qui je laissai un généreux pourboire. Je n'en revenais pas. Christian chez Lise. Mon frère avec ma belle-sœur.

— Que fais-tu là ? répétai-je.

— Je ne vais pas tourner autour du pot. Lise et moi sommes ensemble.

— Depuis quand ?

— Un petit moment.

— Comment ça « un petit moment » ? Et Laura ?

— C'est terminé avec Laura. Nous allons divorcer.

— Je ne comprends pas, Christian ! Pourquoi je ne suis pas au courant ?

— Tu n'es jamais disponible pour les problèmes des autres. Tu n'es qu'une égoïste !

La gifle partit toute seule mais je regrettai mon geste instantanément.

— Je te demande pardon, Christian. Je ne voulais pas… Mets-toi à ma place. Je suis ta sœur et je suis avocate. Pourquoi tu ne m'as pas sollicitée ? Je suis pourtant bien placée pour t'aider. Et j'ai toujours rêvé que Lise et toi, vous vous mettiez ensemble, tu le sais ! Je me serais réjouie pour vous…

Christian tenait sa joue. Je n'y étais pas allée de main morte. Mon frère avait vieilli mais son expression était inchangée. Il avait toujours son regard espiègle et la petite fossette de mon père au creux du menton. J'en eus les larmes aux yeux.

— Je suis navrée, je n'aurais pas dû. Essaie de me comprendre, j'ai passé une soirée épouvantable. C'est pour ça que je suis là… J'ai décidé de quitter Michel.

— Eh ben, c'est pas trop tôt ! lança-t-il. J'ai jamais pu le sentir, ton mari. Je ne sais même pas comment tu as pu vivre toutes ces années avec lui.

— Tu ne penses pas ce que tu dis !

— Oh que si, je le pense ! Je me suis toujours demandé ce que tu pouvais lui trouver.

— Michel t'apprécie. Ce n'est pas sympa de me dire une chose pareille.

— En réalité, je m'en fiche qu'il m'apprécie ou pas. Ce qui compte maintenant, c'est toi.

— C'est gentil, dis-je, radoucie. Je ne veux pas te chasser, Christian. Tu étais là avant moi, si tu veux rester...

— Laisse tomber. Je préfère rentrer chez moi. Vous avez certainement plein de trucs à vous raconter. En revanche, n'en parle pas à Maman, s'il te plaît. Je ne suis pas certain qu'elle pourra encaisser nos deux ruptures en même temps.

— Tu veux dire qu'elle n'est pas au courant pour ta situation ?

— Bien sûr que non. Tu sais bien que tu aurais été la première informée si elle l'avait su...

— Pauvre maman, quand elle va l'apprendre... Je te demande pardon pour la gifle. Je ne sais pas ce qui m'a pris...

— De temps en temps, ça remet les idées en place. Et puis, j'ai été dur avec toi. Tu n'es pas si égoïste que ça. Allez, j'y vais. On s'appelle bientôt.

Christian déposa une bise sur mon front avant de s'engouffrer dans le taxi. Il disparut derrière la vitre teintée. Le voyant rouge s'alluma puis le véhicule s'éloigna.

Je pris une profonde inspiration avant de sonner à l'interphone. J'essuyai mes larmes même si je savais que d'autres couleraient encore.

Lise déverrouilla la porte. Je montai les deux étages à pied. Je la trouvai assise dans son canapé, une clope dans une main, le téléphone dans l'autre.

— Je croyais que tu avais arrêté, dis-je, en lui arrachant la cigarette des lèvres pour l'écraser dans le cendrier.

— J'ai craqué, ce soir…

— Moi aussi j'ai craqué, ce soir…

Elle se leva pour me serrer dans ses bras. Nous pleurâmes ensemble.

— Je comprends mieux pourquoi mon frère n'a pas voulu rester, remarquai-je entre deux vagues de sanglots. Il ne voulait pas être témoin de ça.

Lise esquissa un sourire à travers ses larmes.

— Je suis heureuse, tu sais. J'ai toujours eu le béguin pour ton frère. Mais on n'est pas là pour parler de moi. Si tu savais comme je m'en veux. Cette soirée, c'est à cause de moi qu'elle a eu lieu.

— Ce n'est pas ta faute, Lise. Il n'y a pas de fumée sans feu.

— Francine, je dois t'avouer quelque chose. Michel vient d'appeler. Il se doutait que tu viendrais chez moi. Je ne lui ai pas menti. Je lui ai dit que tu passerais la nuit ici, il semblait rassuré.

D'une certaine façon, j'étais soulagée aussi. Il allait arrêter de m'envoyer des messages. Je pouvais me détendre.

— Il m'a chargé de te dire qu'il t'aime, reprit Lise. Mal, mais il t'aime. Que s'est-il passé, Francine ?

— Je n'ai pas envie d'en parler tout de suite. Je préfère que tu me racontes comment votre relation a commencé, avec mon frère.

— Tu veux vraiment le savoir ?

— Oui, j'ai besoin d'entendre une belle histoire ! Je suis tout ouïe.

Lise nous servit à chacune un verre de vin et disposa entre nous deux un saladier de chips. Ce soir, tous les excès étaient permis. Elle me lança un plaid et nous nous calâmes confortablement dans le canapé. La nuit serait longue…

— Eh bien, ma chère belle-sœur, c'est grâce à toi que nous sommes ensemble, ton frère et moi.

— Ah bon ! Et qu'ai-je donc fait ?

— Il y a deux ans… tes soixante ans…

— Tu veux dire que vous êtes ensemble depuis ma fête ?

Son sourire en disait long. Pendant quelques instants, je fermai les yeux pour me souvenir.

24.

Juin 2016
Soleil au beau fixe

Le mois dernier, j'ai eu soixante ans. Michel n'a rien organisé. Je ne peux pas croire qu'il n'ait rien prévu pour mon anniversaire. Alors, ce week-end dans un gîte, je suis certaine que c'est un prétexte pour tous nous réunir. Il n'est pas du genre à prendre les choses en main mais j'imagine que Patricia et Lise l'ont convaincu de marquer le coup. Pour ne pas le contrarier, je lui laisse croire que je ne me doute de rien.

Sur l'autoroute, il chante à tue-tête sur Chérie FM, et, quand il ne capte plus sa station préférée, il bascule sur Deezer. Personnellement, je suis totalement dépassée par toutes ces avancées technologiques. C'est sans doute mon côté terre à terre ; mes histoires de divorces, elles, restent intemporelles.

De temps à autre, Michel zieute son téléphone portable. De deux choses l'une : soit il a une maîtresse, soit il s'assure que la surprise se prépare comme il faut. Dans les deux cas, il n'est pas très discret. Comme le titiller est ce que je fais de mieux, je lui demande :

— Elle va bien ?

— De qui tu parles ?

— De la personne avec qui tu textotes depuis tout à l'heure.

— Ça y est, tu recommences. D'abord, je ne textote avec personne, et puis, tu adores te faire des films et me provoquer. Ça a toujours été comme ça entre nous.

— Non, pas toujours...

— Si, toujours. Dois-je te rappeler la fille de la bibliothèque ?

— C'est vache de reparler d'elle, d'autant que je ne me faisais pas de film et tu le sais très bien.

— Oui, pardon chouchoute. Je suis nul et maladroit.

— C'est déjà bien de le reconnaître. Alors, ce week-end, c'est pour quoi ?

— Rien de spécial. On a trois jours. C'est sympa d'en profiter, non ?

— Bien sûr ! Mais tant d'initiative de ta part, c'est pour le moins surprenant.

— S'il te plaît, Francine, arrête avec tes reproches et tes questions, laisse-toi porter, pour une fois.

*

Il nous a fallu deux heures trente pour rejoindre notre destination, une charmante demeure normande typique en briques. Sur le parterre fleuri picorent des poules. Des chats courent se cacher dans les buissons. Le gîte se situe à un kilomètre de la plage d'Yport. La météo prévoit un temps superbe tout le week-end. Avec un peu de courage, nous pourrons même nous baigner.

Michel se gare dans la cour. Une femme blonde se précipite vers nous pour nous accueillir, nous laissant à peine le temps de sortir de la voiture. Elle porte une robe à fleurs et un rouge à lèvres fuchsia assorti. Elle est immense et me dépasse d'une bonne tête. Même Michel semble petit à côté d'elle. Je dirais qu'elle a mon âge. Elle nous serre la main vigoureusement, comme si nous étions de vieilles connaissances. Je suis certaine qu'elle nous ferait la bise si nous lui tendions la joue !

— Soyez les bienvenus au Clos des Hogues, monsieur et madame Rolland. Je m'appelle Marie-Claire. Vous avez fait bon voyage ?

— Il y avait un peu de monde pour quitter Paris mais sinon, ça a été, répond Michel.

— Comme d'habitude. Surtout la veille d'un long week-end. Je vous fais visiter ?

— Avec plaisir.

— Laissez vos affaires ici, mon mari se chargera de les mettre dans votre chambre.

Nous la suivons. Michel reste derrière moi. Elle nous indique où se trouve notre appartement. Avant de pénétrer dans la grande salle commune, elle précise que nous avons le gîte rien que pour nous. Cela me surprend. Je m'apprête à ouvrir la bouche quand des visages familiers hurlent : « Joyeux anniversaire ! » Je fais un pas en arrière pour échapper à cette vague d'amour que je prends en pleine figure. C'est au-delà de ce que j'imaginais. Tout le monde est là : mes filles, leurs maris, mes petits-enfants, Patricia et Gilles, leur fils Valentin, ma filleule Gaëlle et les siens, mon frère et sa tribu, Lise (en solo), Nicolas et son époux Grégoire et, dans un coin, ma vieille maman qui peine à masquer son émotion.

— Alors, Francine ? Tu vas t'en remettre ? s'enquiert Nicolas.

— Vous étiez tous dans le coup, bande de voyous ! Même toi ? demandé-je à ma maman que j'entoure de mes deux bras.

— Ça a été dur de ne rien te dire, ma Francine.

— C'est donc pour cela que tu ne m'as pas appelée ces derniers jours ? Je commençais à m'inquiéter.

— J'aurais été capable de vendre la mèche… Ah, c'est tellement beau d'avoir soixante ans. J'ai l'impression que tu es née hier.

— N'exagère pas Mamie, lance Claire, il y a eu quelques accouchements depuis… Regarde toute cette marmaille !

Les enfants s'échappent par la porte restée ouverte derrière moi. Ils courent s'aérer. Qui sait depuis quand ils étaient enfermés dans cette salle en attendant notre arrivée. Des boissons et des victuailles sont disposées sur les tables. Vingt-trois personnes, ça en fait, des bouches à nourrir ! Christian me tend un verre de sangria que j'avale d'un trait. Elle est délicieuse.

— Sœurette, vas-y mollo. Le week-end ne fait que commencer !

— À soixante ans, je peux tout me permettre. Il est temps que je me lâche un peu, non ?

— Mieux vaut tard que jamais ! s'exclame Michel en levant son verre à ma santé depuis l'autre bout de la salle.

*

Un gîte rien qu'à nous pour mon anniversaire, quelle bonne idée ! Pour ne pas gâcher la surprise, toutes les voitures avaient été soigneusement cachées dans le champ qui jouxte la bâtisse : je n'y ai vu que du feu. Même si j'ai eu quelques doutes ces derniers jours, je ne laisse rien paraître. Je suis si heureuse d'être au centre de l'attention.

Patricia et Lise ont tout prévu : balades à vélo pour les plus sportifs, jeux de société, baignade, soirée karaoké, visites des falaises d'Étretat, des plages du débarquement, et j'en passe. Nous n'aurons pas le temps de nous ennuyer. On se croirait dans un club de vacances. L'ambiance est chaleureuse et conviviale. Les conversations vont bon train. Les plus jeunes sont libres de courir partout. Quelle joie de voir tous mes petits-enfants réunis ! Ces occasions sont tellement rares, j'en ai les larmes aux yeux. Louise, la fille de Sophie, âgée de quatre ans, n'a pas lâché ma main depuis que nous sommes arrivés. Les deux garçons de Claire, Leo, huit ans et Adrian, six ans, jouent avec Martin, le fils de Sophie. Leo et Martin sont nés à quinze jours d'intervalle. C'était folklo ! J'aurais aimé être partout pour pouvoir aider mes deux filles de la même façon. Pourquoi Claire s'est-elle expatriée à Amsterdam ? Je me pose la question chaque jour. Les cousins se voient trop rarement. C'est dommage.

Tout cela me rend nostalgique et me rappelle l'époque où je retrouvais les miens lors des vacances d'été chez Mémé Jo et Pépé René. Ah, le bon vieux temps... Dans ces moments-là, je réalise à quel point la vie a filé. Michel l'ignore encore mais j'envisage de prendre ma retraite plus tôt que prévu afin de partager du bon temps avec mes petits-enfants. Entre nous, si je ne l'ai pas encore fait, c'est parce que je ne suis pas certaine de pouvoir le supporter au quotidien. C'est triste, quand même...

*

À l'extérieur, Marie-Claire a installé des transats. Michel roupille sur l'un d'eux. Nicolas et Grégoire font bronzette. Mes gendres ont l'air d'avoir des tas de choses à se dire. Marc parle en anglais et Wilfred tente de lui répondre en français. J'ignore ce qu'ils baragouinent mais en tout cas, ils ont l'air de se marrer. Les plus grands jouent les animateurs avec les plus jeunes. On dirait une joyeuse colonie de vacances. Mes filles se sont allongées sur la pelouse. Un peu à l'écart, Lise discute avec Christian pendant que Laura pianote sur son téléphone. Je la trouve hautaine et distante, mon frère méritait tellement mieux. J'aime le voir sourire comme en ce moment avec Lise. Que peuvent-ils bien de se raconter ? Ah, si seulement ces deux-là m'avaient écoutée…

25.

Juillet 2018
Enfin, l'anticyclone

— Incroyable ! Je vous avais vu discuter ensemble à plusieurs reprises mais j'étais loin de me douter qu'il te draguait, à quelques pas de sa femme, qui plus est !

— Il ne me draguait pas vraiment, on papotait de tout et de rien. Je crois même qu'il n'avait rien prémédité. Christian a toujours préféré se moquer de moi plutôt que de me séduire…

— Qui aime bien châtie bien !

— C'est exactement ça. J'étais déjà sensible à son charme avant, et plus il vieillit, plus je le trouve beau. Certains jeunots avec qui je suis sortie avant lui ne lui arrivent pas à la cheville. Et sex…

— Non, s'il te plaît, Lise, l'interrompis-je. Ne rentre pas dans ce genre de détails. Raconte-moi plutôt comment s'est passé le rapprochement !

— Tu te rappelles la promenade à vélo ?

— Pas vraiment. J'espère que ce n'est pas Alzheimer qui me guette.

— Arrête, Francine, ne dis pas de conneries. On a fait tellement de trucs ce week-end-là. Je crois que vous étiez à la plage avec Violette, tes filles et les enfants.

— Ah oui, peut-être bien. Et donc ?

— À un moment, les jeunes nous ont semés et Christian et moi, nous nous sommes retrouvés seuls.

— Comme par hasard !

— Je te répète qu'il n'y avait aucune ambiguïté. Laura était là, je te signale ! Certes, elle a tiré la tronche tout le week-end…

— Comme d'habitude, tu me diras. Pardon, je t'ai coupée. Je t'en prie, continue.

— Pendant la balade, mon vélo a crevé. Tu te souviens ?

— Ah oui, ça y est, ça me revient. Vous avez mis plus de deux heures pour rentrer parce que vous n'aviez pas vos téléphones portables sur vous.

— Eh bien, justement… j'avais le mien, mais Christian l'ignorait. C'était tellement bon d'être en sa compagnie. Un moulin à paroles, ton frangin. Et puis, de fil en aiguille, on a commencé à ouvrir nos cœurs et à parler d'amour. Il m'a confié qu'il n'aimait plus sa femme depuis longtemps, qu'il ne se passait plus grand-chose entre eux depuis que les garçons avaient quitté le nid. Il songeait même à avoir des aventures. D'une certaine manière, il enviait ma « vie de débauche ». Tu vois, il me taquinait, encore !

— Tu l'as bien pris ?

— C'est un peu la vérité. Appelons un chat un chat. Depuis Éric, je papillonne, je profite. Je n'ai pas réussi à me fixer avec quelqu'un plus de deux mois. Je n'ai pas honte de le dire, j'aime le sexe, mais personne n'avait réussi à me faire retomber amoureuse... sauf ton frère.

— Tu me donnes la chair de poule, Lise ! Ressers-moi un verre, s'il te plaît. Qu'est-ce que j'ai soif !

Lise remplit mon verre puis se resservit aussi. Il était déjà une heure du matin et la nuit ne faisait que commencer, mais je pensais moins à Michel et cela me faisait du bien.

— Et il s'est passé quoi pendant le retour de cette balade à vélo ? repris-je.

— Bah, rien de spécial, en réalité. Je l'ai écouté et je crois qu'il avait juste besoin de ça, qu'on l'écoute.

— C'est tout ?

— Oui. Enfin...

— Allez ! Tu ne me dis pas tout, je le sens bien !

Lise se leva et arpenta le salon. Son shorty assorti à un top en soie révélait ses jolies formes. Elle avait une silhouette à faire pâlir les minettes de sa salle de sport. D'une certaine façon, je l'admirais.

— C'est délicat...

— Lise, je suis ton amie, je ne te jugerai pas. Je ne me suis jamais permis...

— D'accord, mais promets-moi de garder tout ça pour toi, d'accord ?

— Évidemment ! Tu vas finir par me vexer si tu continues ! Il s'agit de toi, ma meilleure amie, et de mon frère. Je te rappelle que j'en ai toujours rêvé. Dépêche-toi, je veux savoir.

— OK. Le lendemain matin, j'ai été la première debout. Le jour se levait à peine. Il devait être six heures. Violette, avec qui je partageais ma chambre, dormait profondément. D'ailleurs, ce sont ses ronflements de tracteur qui m'avaient empêchée de dormir. Et aussi la conversation que j'avais eue avec ton frère la veille. Je me sentais perturbée. Du coup, je me suis habillée avec l'intention d'aller courir sur la plage pour me vider la tête. Je suis descendue à pas de loup, et là, sur qui je tombe dans la salle à manger ? Sur Christian ! Il dormait sur le canapé. Je me suis demandé pourquoi il n'était pas dans sa chambre avec Laura. C'était bizarre. Et je ne sais pas ce qui m'a pris, je me suis approchée de lui, je l'ai observé quelques secondes, et j'ai déposé un baiser sur son front, comme une mère qui embrasse son enfant pendant son sommeil. Tu vois ?

— Je vois très bien. Et donc ?

— Mon geste l'a fait sursauter. Il a ouvert les yeux, et quand il a vu mon visage au-dessus du sien, il s'est redressé prestement pour coller ses lèvres sur les miennes.

— Oh !

— Comme tu dis. J'étais tétanisée !

— J'imagine. Tu ne t'y attendais pas…

— En plus, de peur de réveiller tout le monde, je ne m'étais pas brossé les dents… La honte. Il faut croire que ça n'a pas dérangé ton frère. On s'est embrassés longuement, puis, il s'est fait plus pressant. J'ai murmuré : « Pas ici, pas maintenant » et, sans jamais quitter mes lèvres, il m'a conduite à l'extérieur. Nous avons contourné la bâtisse et contre le mur...

— Euh... Je ne suis pas sûre de vouloir connaître la suite...

— Oh, rassure-toi, ça s'est arrêté là. La propriétaire... comment s'appelait-elle déjà ?

— Marie-Claire, je crois.

— Mais oui, tu as une sacrée mémoire, finalement. Eh ben, Marie-Claire est rentrée de la boulangerie pile à ce moment-là.

— À six heures ?

— Je te jure, je l'aurais tuée ! Jamais je n'avais été si excitée... et Christian...

— Hopopop ! Je ne veux pas en savoir davantage !

— C'est tout, de toute façon. Quand Marie-Claire nous a vus, je suis partie courir sur la plage et Christian est allé se doucher. Ensuite, on a fait comme si de rien n'était. Tout le week-end, on a espéré se retrouver seuls, mais bon, à vingt-cinq dans la baraque, ce n'était même pas la peine d'y penser. J'ai été comme dans une étuve pendant deux jours. Encore une chance que je n'ai pas sauté sur ta mère pendant mon sommeil !

— Toi aussi, tu rêves de sexe ?

— Ça m'arrivait parfois, mais maintenant que je suis avec ton frère, plus besoin !

— Quelle chance ! Et après ?

— On a beaucoup réfléchi chacun de notre côté. Je mourais d'envie de le revoir mais je ne voulais pas faire le premier pas. Je culpabilisais à cause de Laura. Pourtant, c'était dingue, j'étais vraiment en manque. Pendant des mois, je n'ai plus eu une seule aventure. Finis les plans cul sans lendemain, je n'y arrivais plus. C'était Christian que je voulais. Et puis, au mois de décembre, alors que j'avais fait une croix dessus, il est venu m'attendre à la sortie du travail avec un bouquet de fleurs énoooorme.

— Mon frère avec des fleurs ? Étonnant !

— Craquant, oui ! Il m'a annoncé qu'il allait divorcer et qu'il voulait m'aimer. J'ai fondu en larmes devant mes collègues. C'était la plus belle déclaration qu'on m'ait jamais faite, dit-elle en essuyant ses larmes de joie.

— Pourquoi tu ne m'as rien dit ? demandai-je en séchant les miennes.

— Si ça ne tenait qu'à moi, je te l'aurais dit dès le début, mais c'est Christian qui n'a pas voulu. Je crois surtout qu'il ne veut pas faire de peine à Violette.

— Il va bien falloir qu'on la mette au courant…

— C'est ce que je pense aussi. Pour l'instant, Christian vit encore chez lui en attendant que la maison soit vendue. C'est en bonne voie. De toute façon, Laura n'y est plus depuis des mois.

— Je comprends mieux pourquoi on ne l'a pas revue ces derniers temps.

— Figure-toi qu'elle avait déjà un mec quand Christian m'a embrassée la première fois.

— J'y crois pas ! Quelle garce !

On pleurait, on riait, les effets de l'alcool décuplaient nos émotions.

— Et toi ? Que s'est-il passé avec Michel ?

— Je crois que je ne l'aime plus, tout simplement.

— Aïe.

— Ce soir, au restaurant, j'avais l'impression de dîner avec un inconnu. Et un inconnu loin d'être désirable…

— Merde. C'est pire que ce que je pensais…

— Ses attitudes m'insupportent. Mais ça m'embête d'en discuter avec toi, c'est ton frère et…

— Tu l'as dit toi-même tout à l'heure, nous sommes amies, c'est ce qui compte le plus. Bien sûr, j'ai de la peine pour lui, mais te voir dans cet état, ce n'est pas possible. Je sais qu'il t'aime mais si ce n'est plus le cas de ton côté, à quoi bon s'obstiner ?

— Je suis perdue, Lise. Tu te rends compte, je repousse mon départ à la retraite parce que j'ai peur de passer mes journées avec lui.

— Ah oui, quand même…

— Je suis vraiment malheureuse, Lise. J'ai l'impression que ma vie m'échappe… Je ne veux pas finir mes jours comme ça.

— Hé ! Tu ne vas pas mourir demain.

— Justement, qu'est-ce qu'on en sait ?

— Francine, tu as réussi ta vie. Tu traverses une mauvaise passe, c'est tout.

— Non, Lise, ce n'est pas juste une mauvaise passe ou alors elle dure depuis beaucoup trop longtemps.

Je cours après je ne sais quoi… Et Michel n'est plus le compagnon de route dont j'ai besoin.

— Vous êtes ensemble depuis toujours ; tu dois forcément l'aimer un peu ?

— J'ai de l'affection pour lui mais cela ne me suffit plus. Je veux être amoureuse, sentir mon cœur palpiter et mon corps vibrer pour quelqu'un. J'ai envie d'être libre.

Lise me tendit un mouchoir dans lequel je me mouchai bruyamment. Je lisais ma propre détresse dans ses yeux. Personne ne pouvait décider pour moi.

— Il est tard, Lise… Je suis fatiguée.

Elle jeta un coup d'œil à son portable.

— Quoi ? Déjà deux heures et demie ! Oui, il faut se reposer. La nuit porte conseil.

— Je ne veux pas qu'elle me porte conseil, je veux qu'elle me laisse dormir…

Mes yeux se fermaient tout seuls. Elle prit le verre que j'avais encore à la main et le vida dans l'évier. Je m'allongeai sur le canapé, prête à sombrer. Lise replaça le plaid sur moi et déposa une bise sur mon front. Je me remémorai ce qu'elle m'avait raconté un peu plus tôt, avec mon frère. J'étais tellement contente pour eux.

— Tout ira bien, murmura-t-elle.

N'ayant plus la force de parler, je me contentai de lui sourire. Lise éteignit la lumière puis entra dans sa chambre en me souhaitant une bonne nuit. Aussitôt, je m'endormis.

*

La nuit fut courte et agitée, peuplée de rêves bizarres. Difficile de savoir si c'était la faute du canapé de Lise ou bien des pensées négatives qui m'habitaient. À six heures du matin, je décidai de rentrer chez moi. J'écrivis un petit mot à ma belle-sœur pour la remercier de son hospitalité et l'informer de mon retour à la maison. Sur la pointe des pieds, je quittai son appartement sans faire de bruit. Je ne savais pas encore ce que j'allais dire à Michel mais il fallait qu'on discute. Je m'en voulais d'être partie comme ça du restaurant. Et si j'avais commis une erreur ? Et si je l'aimais encore ?

Par la fenêtre du taxi, je regardais défiler la ville endormie. J'aime Paris qui sommeille au petit jour. En chemin, je fus saisie d'un pressentiment étrange : et s'il était arrivé quelque chose à mon mari, par ma faute ? Mon portable n'avait plus de batterie, je ne pouvais pas vérifier s'il avait cherché à me joindre. La culpabilité grandissait à mesure que j'approchais. C'est avec la boule au ventre que je pénétrai dans notre maison. Tout était silencieux. Trop silencieux. Doucement, je montai à l'étage. Je n'y voyais pas grand-chose dans notre chambre, alors j'allumai la lumière du couloir pour ne pas réveiller mon mari. Le lit était vide, parfaitement fait. Michel n'était pas rentré.

Un mélange de colère et d'inquiétude s'empara de moi. Je m'étais réfugiée chez sa sœur quand lui s'était réfugié je ne savais où. Je mis mon portable à charger. Mes mains tremblaient si fort que je ne parvenais pas à taper mon code de déverrouillage. Après deux tentatives échouées, je me concentrai pour ne me pas tromper une troisième fois et risquer de bloquer mon téléphone. Enfin, je réussis à l'allumer malgré mes tressaillements. Après quelques secondes, il se mit à biper sans discontinuer. C'étaient les nombreux appels en absence de Michel. Mais ce ne sont pas eux qui attirèrent mon attention. Un numéro inconnu avait essayé de me joindre à plusieurs reprises avant de laisser un message vocal. Je composai le numéro de mon répondeur et tombai des nues en l'écoutant :

« Bonsoir, Madame Francine. Je suis désolée de vous déranger. Je ne sais pas trop comment vous dire ça, mais votre mari est attablé avec une blondasse ! Il lui tient la main depuis un quart d'heure ! Vous êtes passée où ? Faut me dire si mes copines et moi, on doit lui casser la gueule ! Rappelez-moi vite… Ah pardon, je suis tellement vénère que j'ai oublié de vous dire qui je suis : c'est, moi, Cindy, la fille du resto. Vous savez, celle qui se marie plus… Bon, j'attends vos instructions. Grouillez-vous ! »

Il était bien trop tôt pour rappeler la jeune femme. La messe était dite. Tout était ma faute, je l'avais bien cherché. J'aurais dû me sentir soulagée mais ce ne fut pas le cas. Je tentai d'appeler Michel mais tombai directement sur sa messagerie. Probablement n'avait-il plus de batterie non plus. Je ne pouvais pas croire que Michel s'était consolé si vite dans les bras de cette

Maryline. J'étais certaine que c'était elle. Dès que j'avais tourné le dos et après s'être assuré que j'étais en lieu sûr, en l'occurrence chez sa petite sœur, il s'est jeté dans les bras de son ex-collègue qui n'attendait que ça... Ça se voyait dans ses yeux. Quelle aubaine pour mon mari déprimé et lâchement abandonné par son épouse !

Non, cela ne pouvait être vrai. Cindy avait dû se tromper. Après tout, elle et ses copines étaient complètement saoules. Voilà, c'était un simple malentendu. Michel est quelqu'un de bien. Il ne m'aurait jamais fait ça.

Je m'étais assoupie sur notre lit lorsque j'entendis la clé dans la serrure. Je jetai un rapide coup d'œil au réveille-matin : neuf heures moins dix. Michel était de retour. Immédiatement, ma gorge se serra. Qu'allai-je lui dire ? J'attendis sagement qu'il fasse son apparition dans la chambre mais il prit la direction de la salle de bains et se doucha longuement. Je voulais me préparer à l'affronter mais je n'y arrivais pas. Mes idées étaient confuses, mes reproches s'emmêlaient les pinceaux. Mon stress était à son paroxysme. Au fond, n'avais-je pas provoqué cette situation ?

Michel sortit de la salle de bains en caleçon, une serviette autour du cou. J'étais assise sur le lit, encore tout habillée. Il sursauta quand il me vit.

— Merde ! T'es là ? Je te croyais chez...

— Tu étais où, Michel ? le coupai-je.

Pris au dépourvu, il ne répondit pas. Son silence trahissait sa culpabilité.

— Laisse-moi deviner, repris-je. Tu as passé la nuit avec Maryline, en souvenir du bon vieux temps, n'est-ce pas ?

— Je...

— Ne m'interromps pas, je n'ai pas terminé. Tu t'es dit que je le méritais puisque je t'ai planté au restaurant le soir de notre anniversaire de mariage. Tu n'as pas perdu de temps !

— Je...

— Comme tu vois, je suis là. J'avais l'intention de m'excuser. J'étais même prête à nous donner une autre chance. Mais finalement, je n'en ai plus envie, tu me déçois tellement, Michel.

— Francine...

— Ne dis rien, ce n'est pas la peine. Je sais très bien que tu étais avec elle. C'est le destin qui l'a mise hier soir sur ton chemin. Sans elle, je serais encore à me demander quoi faire de nous. Maintenant, je sais. Je devrais peut-être la remercier, qu'est-ce que t'en dis ?

Michel baissa les yeux.

— Surtout, ne t'excuse pas ! hurlai-je.

— Depuis tout à l'heure, je ne peux pas en placer une ! s'exclama Michel. Oui, j'ai passé la nuit avec Maryline. T'es contente ?

— J'en étais sûre...

— Mais il ne s'est rien passé.

— Je ne te crois pas !

— Ce n'est pas l'envie qui m'a manqué, c'est bien vrai, mais je ne suis plus tout jeune, si tu vois ce que je veux dire... On a discuté pendant des heures et je me suis endormi dans ses bras, comme un enfant en manque d'amour. Tu veux savoir un truc, Francine ? Maryline m'a donné plus d'affection cette nuit que tu ne m'en as donné depuis des années. Tu trouves ça normal ? Je ne m'excuserai pas d'avoir découché. Je n'ai rien fait de mal. Je ne te quitterai pas, Francine, parce que je t'aime. On a passé notre vie ensemble et c'est avec toi que je veux finir mes jours. Mais je ne peux plus te forcer. J'en ai ma claque de recoller les morceaux. Alors, une bonne fois pour toutes, prends une décision. Ou tu restes, ou tu pars. À toi de choisir.

26.

Printemps 2017
Giboulées de mars

— À toi de choisir, Maman.

— Mais c'est tout vu ! J'aimerais t'y voir dans quelques années, quand ton tour viendra.

Maman et moi déjeunons ensemble comme nous le faisons de temps à autre depuis de nombreuses années. Au commencement, c'était un rendez-vous mensuel puis petit à petit, nos déjeuners se sont espacés. Elle vient jusqu'à mon bureau en métro et nous nous retrouvons toujours dans la même brasserie, là où j'ai embrassé François. Je l'appelle d'ailleurs « la brasserie de François ». Maman pense que c'est le nom du proprio.

Depuis plusieurs mois, Christian et moi essayons de la convaincre d'aller vivre avec d'autres personnes de son âge, mais c'est un sujet qu'elle n'aime pas aborder. Pour l'instant, elle est encore autonome mais elle vieillit et n'envisage pas une seule seconde de quitter sa maison. Je ne sais plus quoi faire. Parfois, sa mémoire lui joue des tours et cela m'effraie. À nouveau, j'ai remis le sujet sur le tapis.

— Tu ne peux plus vivre seule, Maman. Dieu sait ce qui pourrait t'arriver.

— Je me débrouille très bien. Tu te fais du mouron pour rien, je t'assure.

— Tu pourrais vendre la maison et en tirer un joli pactole. Avec cet argent, tu aurais de quoi t'installer dans une maison spécialisée.

— À l'hospice, c'est ça ?

— Maman, je sais que c'est difficile à admettre, mais ton état de santé pourrait se dégrader. Tu auras bientôt quatre-vingt-trois ans.

— Et alors ? J'ai encore toutes mes dents ! D'accord, sur un dentier, ajoute-t-elle face à mon scepticisme, écroulée de rire.

— Maman, je ne plaisante pas. Je m'inquiète. Je t'ai proposé de venir à la maison, tu ne veux pas.

— Avec Bruno, je serais venue, mais avec Michel, non merci, j'ai déjà donné.

J'hallucine ou elle vient de dire Bruno ?

— Pardon ? Peux-tu répéter, s'il te plaît ? C'est tellement bruyant…

— Tu as très bien entendu !

— Est-ce que tu as mentionné Bruno ?

— Je l'aimais bien, ce garçon, moi…

Ma bouchée reste coincée en travers de ma gorge. Je n'ai donc pas rêvé, ma mère se rappelle mon premier amour.

— Bois un coup, Francine, ce n'est pas le moment de t'étouffer !

— Tu te souviens de Bruno ?

— Comme si c'était hier, répond ma mère. Je le revois, joli comme un cœur, quand il est venu demander ta main à ton père. Peu d'hommes ont sa classe et certainement pas ton Michel.

— Maman, ce n'est pas gentil pour Michel. Tu le critiques alors que nous sommes mariés depuis bientôt trente-huit ans.

— Tu es malheureuse, je le vois bien. Les nuages, ma fille. Les nuages…

— Maman, tu m'exaspères avec ta météo. Quoi que tu en penses, je suis heureuse avec Michel, dis-je un peu trop rapidement pour être sincère. Dans ce cas, va vivre chez Christian ! En banlieue, tu seras bien. Ils ont un grand jardin, tu pourras en profiter. Ils ont même un jacuzzi.

— Avec Laura ? Hors de question ! Elle ne peut pas me voir.

— Ce n'est pas toi en particulier, elle n'aime personne.

— Et tu voudrais m'envoyer chez eux ? Plutôt mourir maintenant, lance-t-elle théâtrale, en pointant son couteau sur sa gorge.

— Maman ! Arrête ta comédie.

— C'est non, Francine. Ni chez toi ni chez ton frère. J'ai mes petites habitudes, mes amis. Et mes activités, tu y as pensé ? J'aime ma vie à Paris, tu comprends ?

J'adore ma maison et j'y resterai tant que je tiendrai sur mes deux guiboles. Le débat est clos.

Ma mère aurait fait une brillante avocate. Elle a une de ces reparties, elle m'en bouche un coin.

— Et sinon, ta retraite, c'est pour quand ? reprend-elle pour m'asséner le coup fatal.

*

Michel a une nouvelle lubie : la philatélie. Il passe ses journées sur Internet à chercher « le » timbre rare. Il sillonne les vieilles boutiques parisiennes, les brocanteurs, les kiosques sur les quais... Il y consacre un temps fou. Je ne comprends pas cette passion soudaine pour ces bouts de papier riquiquis qui ne servent à rien, sinon à encombrer ma maison. Ça me dépasse ! Plus ça va, plus un fossé se creuse entre lui et moi. Que dis-je ? C'est plutôt un canyon. Quand je rentre le soir, je n'ai qu'une envie, brûler ses albums. Il y en a partout, dans toutes les pièces. Je ne me sens plus chez moi. Voilà pourquoi je continue de travailler. Je préfère passer du temps à l'étude ou au tribunal à plaider plutôt que de voir mon mari s'extasier devant un timbre-poste du siècle dernier.

Quelle aurait été ma vie avec Bruno ? Je l'avais complètement oublié mais, depuis que Maman l'a mentionné l'autre jour, des tas de souvenirs resurgissent. Je n'arrête pas de penser à lui.

Pendant que Michel négocie derrière son écran un énième timbre avec un revendeur, je passe un coup de fil à Patricia avec l'espoir qu'elle ait conservé ses coordonnées. J'aimerais prendre de ses nouvelles.

— Allô ! répond-elle aussitôt.

— Salut Pat', je ne te dérange pas ?

— Écoute, ma vie est passionnante : j'étais en train de vider une machine. Que me vaut ton appel à cette heure ?

— Oh, désolée, je n'avais pas vu qu'il était si tard. Il n'y a rien en particulier, je voulais juste prendre quelques news.

— Juste quelques news ? Ça ne te ressemble pas. Vas-y, crache le morceau !

— Bon, d'accord. Je me demandais si tu avais toujours le numéro de téléphone de Bruno.

— Bruno ? Ton amour de jeunesse ? hurle ma copine.

— Ne crie pas comme ça ! Oui, celui-là, précisément.

— Ça ne va pas avec Michel ?

— Si, tout va bien avec Michel. Il s'occupe de ses timbres…

— Oh, je sens de l'ironie dans ta voix. Tu sais, ce n'est pas très bon signe quand on cherche à avoir des nouvelles de ses ex.

— Patricia, s'il te plaît !

— OK, OK, je te charrie. Mais je ne crois pas l'avoir jamais eu, son numéro.

— Mais si, il nous avait donné son fixe à l'enterrement de Danielle.

— Tu te souviens de ça, toi ? Elle est morte en 1990. Et donc, à part ça, tout va bien avec ton mari ?

— Roooh, tu m'énerves à la fin. Tu n'as jamais eu envie de savoir ce que sont devenues tes fréquentations du passé ?

— Ouais, bof... Je suis désolée, ma minette, il s'est passé tellement de choses dans ma vie depuis la mort de Danielle. Si j'arrive à remettre la main dessus, je te le dirai, mais à mon avis, ce n'est pas demain la veille. Tu as essayé Facebook ?

— Non, je n'y connais rien...

— C'est une piste à étudier. Les jeunes ne jurent que par ça. Et l'autre réseau, Amstagram.

— Tu veux dire Instagram ?

— Oui, c'est ça. Moi aussi, je suis nulle ! Je demanderai à Gilles de jeter un œil, il est plus calé que moi.

— Non, surtout pas ! Laisse tomber. On ne va pas remuer le passé.

— Faudrait savoir ! Allez, ne fais pas ta sainte-nitouche. C'était quoi son nom de famille ?

— J'hésite... Je ne sais pas si c'est vraiment une bonne idée, finalement.

— Francine, tu m'as dérangée pendant que j'étendais mon linge, alors maintenant tu me files son nom. De toute façon, ça donnera sans doute que dalle, s'il est aussi connecté que toi et moi, c'est fichu d'avance !

— D'accord, mais je t'en prie, sois discrète. C'est... Masure.

— Bruno Masure ! Tu te fous de ma gueule, en plus ?

— C'était trop tentant, désolée ! dis-je en riant. Je peux voir ta tronche d'ici.

— Hilarant, Francine ! Tu es en pleine forme, à ce que je vois.

— C'est Binard. Bruno Binard et cette fois, c'est vrai.

— Avec un *d* à la fin, j'imagine. Bon, c'est noté. Allez, je te laisse, mes petites culottes m'attendent.

— Tu veux dire tes gaines de grand-mère…

— Adieu Francine, je te déteste.

— Moi aussi, ma minette, dis-je avant de raccrocher, amusée.

À défaut d'avoir le numéro de Bruno, au moins, ma copine m'a fait sourire.

*

Deux semaines ont passé et Patricia ne m'a toujours pas rappelée au sujet de Bruno. Je n'ose pas la relancer, elle pourrait penser que je m'impatiente. Ce qui est tout à fait le cas. Ainsi, l'air de rien, je demande à Marion, ma fidèle assistante, de regarder sur Facebook si elle trouve quelque chose. Je sais qu'elle a un compte, je l'ai surprise à plusieurs reprises en train de jeter un coup d'œil à son profil. Normalement, l'utilisation des réseaux sociaux est interdite durant les heures de travail sauf si c'est la patronne qui le demande. Après tout, vu notre profession, nous sommes en droit d'aller fouiner sur les profils des gens.

— Alors, vous avez trouvé ? Binard avec un *d*. Bruno. Ce n'est pas sorcier, si ?

— Maître, il y a des tas de Bruno Binard. Il nous faudrait des heures pour éplucher tous ces comptes. Entre ceux qui ne mettent pas de photos et ceux qui ne mettent pas leurs noms en entier, on n'est pas sorties de l'auberge.

— Laissez tomber, vous êtes nulle.

— Francine, n'abusez pas ! Regardez tout ce qu'il y a, dit-elle en mettant son smartphone sous mon nez.

Marion m'appelle toujours « maître », sauf quand je dépasse les limites. Si nous nous sommes toujours vouvoyées, restant professionnelles, elle a partagé avec moi ses joies et ses peines, et je peux tout lui demander. Enfin, presque tout. Quand je pense que je l'ai embauchée à l'ouverture du cabinet. Elle m'accompagne depuis mes débuts. Elle a dit qu'elle prendrait sa retraite quand je prendrai la mienne, elle a juste un an de plus que moi.

— Vous voyez ! Comment voulez-vous qu'on fasse ?

— Pardon, Marion, vous n'êtes pas nulle. C'est moi qui n'y connais rien…

— C'est qui ce Bruno, au juste ? Un nouveau client ?

— Pas du tout. C'est… personnel.

— Vous exagérez, quand même. Comme si on n'était pas assez débordées, s'écrie-t-elle en montrant sa pile de dossiers.

— Qu'est-ce qui est personnel ? demande Nicolas qui débarque dans le bureau dans son élégant costume trois-pièces.

Marion me jette un regard inquiet.

— Je vous ai entendu parler d'un Bruno Binard. Ce nom me dit quelque chose... reprend mon associé.

— En même temps, des Binard, c'est aussi classique que les Dupont et les Martin, commente Marion.

— J'ai compris. Vous essayez de brouiller les pistes. C'est votre amant, pas vrai ? demande-t-il à Marion.

— Mais pas du tout ! Oh, puis, zut, vous m'agacez tous les deux. Il est tard, je rentre rejoindre mon petit mari. Vous devriez en faire autant, à moins que les vôtres aient cessé de vous attendre.

Excédée, Marion se lève, éteint son ordinateur, enfile sa veste et sort du bureau.

— À demain ! lance-t-elle sans se retourner.

Je regarde Nicolas qui éclate de rire.

— Eh ben, elle a toujours autant de caractère, ton assistante. Tu me diras, il en faut pour te supporter...

Je cherche autour de moi quel objet lui envoyer à la figure.

— Je t'invite à dîner ? Grégoire n'est pas là ce soir. Si ça n'embête pas Michel, bien sûr...

— Je suis sûre qu'il s'en fiche comme de l'an quarante. Il a sans doute un nouveau timbre à dégoter.

— C'est quoi cette histoire de timbre ?

— Oh, ce n'est rien. Pas de quoi s'attarder.

— Je te sens dépitée.

— Un peu...

— Alors, c'est toi qui as un amant ?

— Même pas. Parfois, je me dis que ça me ferait du bien.

— Tu as tenu jusque-là, ce n'est pas le moment de flancher. Derrière ses airs bourrus, Michel est un type bien.

— Par pitié, peut-on parler d'autre chose ?

— À vos ordres, maître !

— J'aime quand tu me parles comme ça. Tu es toujours certain d'être gay ?

— Ah non, tu ne vas pas refaire une tentative ?

— Oh mon Dieu, tu t'en souviens ?

— Comment l'oublier ? Tu avais fait fort quand même : vouloir coucher avec moi. Il fallait vraiment que tu sois désespérée…

— Arrête, je t'en prie, j'ai honte !

— C'était plutôt flatteur, en y réfléchissant…

— Tu me fais marcher, c'est ça ?

— Oui, et toi, tu cours, j'adore !

— Enfoiré !

Nicolas et moi quittons les locaux en riant, bras dessus, bras dessous. J'en oublie de prévenir Michel. Ce ne sera pas la première fois.

*

Ah non, pas à « la brasserie de François » ! Après Bruno, c'est lui qui vient hanter mon esprit. Comme si ma conscience voulait me faire regretter mes choix et mes actes manqués.

Pourquoi toujours fréquenter les mêmes endroits ? Ce ne sont pas les restos qui manquent dans le quartier. Après d'âpres négociations, Nicolas me suit dans une petite pizzeria située un peu plus loin. J'ai envie d'une pizza au feu de bois et d'un verre de Lambrusco. Je dois manger pour oublier, et boire, aussi. Dès le premier verre, les langues se délient. Alors que je n'avais pas envie de parler de Michel, tout tourne autour de lui et de l'amour en général. Si Nicolas et moi sommes amis de longue date, jamais nous n'avions abordé certains sujets plus intimes, comme celui de son *coming out* par exemple. Nicolas a toujours été très discret sur sa vie de couple, mais à l'aube de nos retraites respectives, il se confie enfin.

— Tu veux savoir ? me demande-t-il.

— Et comment ! dis-je en croquant dans ma pizza quatre-fromages.

Quand Nicolas commence à parler, on ne le stoppe plus. Il me raconte qu'il s'était senti différent dès son plus jeune âge. Pendant longtemps, il avait essayé de se convaincre qu'il était « normal » alors qu'il était davantage attiré par ses pairs. Adolescent, il avait eu quelques flirts pour faire comme les autres, pour savoir, aussi. C'est à l'âge de seize ans qu'il avait couché avec une fille pour la toute première fois : une cata dont il ne garde que de mauvais souvenirs. Il n'avait pas dû être très convaincant car elle l'avait quitté rapidement pour un autre gars : le *bad boy* du lycée, l'opposé du garçon réservé qu'il était. À l'époque, il avait même pensé que la nana avait parié avec ses copines qu'elle réussirait à le dépuceler.

— J'ai eu d'autres copines, mais je faisais l'amour sans conviction. Pour moi, cela ne faisait pas l'ombre d'un doute que j'étais gay mais j'étais terrifié.

— J'imagine...

Quelques années plus tard, lors d'une soirée étudiante, alors qu'il avait un peu bu, un homme qu'il n'avait jamais vu jusque-là le fixait sans relâche. De regards appuyés en sourires séducteurs, ils s'étaient rapprochés. Rapidement, ils s'étaient isolés. L'autre semblait plus expérimenté et Nicolas s'était laissé faire. Au petit matin, quand Nicolas s'était réveillé dans son lit de la cité U, son bel inconnu avait disparu.

— Je ne l'ai plus jamais revu. Il avait dû venir à la fête avec un de ses potes. Enfin, je m'en fiche pas mal de qui il était. Pour moi, c'était un ange tombé du ciel. Grâce à lui, je pouvais enfin assumer qui j'étais. C'était comme une renaissance : ce jour-là, je suis re-né.

— Oh, René ! C'est le prénom de mon grand-père.

— Francine... Tu m'exaspères ! Tu ne tiens pas l'alcool, c'est hallucinant. Du coup, toi, qu'est-ce que tu vas faire ?

— Oh oui, je veux un dessert.

— Et en plus, tu es sourde ! Je t'ai demandé ce que tu comptes faire, avec Michel.

— Je n'en sais rien, Nico. Toi, tu es heureux avec Grégoire ?

— Jamais je n'ai été aussi heureux, sinon je ne l'aurais pas épousé. On n'a qu'une vie. Autant faire de cette vie un original, pas une copie de la vie de quelqu'un d'autre.

— Oh, c'est joli, c'est de toi ?

— Non, c'est une phrase de Joël de Rosnay.

— Connais pas.

— Peu importe. Ce qui compte, c'est d'être heureux et d'aller de l'avant, quoi qu'en pensent les gens. Es-tu heureuse, Francine ?

Je ne peux pas mentir à Nicolas comme je le fais avec ma mère. Je tarde à lui répondre tandis qu'il me fixe intensément.

— Vingt secondes et tu n'as toujours rien dit… ajoute Nicolas. La question est pourtant simple. Si tu hésites, c'est que la réponse est non. Je suis désolé mais il va falloir que tu te mettes un coup de pied aux fesses et que tu prennes une décision, Francine. À ton âge, tu n'as plus le choix.

27.

Juillet 2018
Après la pluie, le beau temps

Le temps semblait suspendu. Michel, nu devant moi, sans bouger, sans sourciller, attendait que les mots sortent enfin de ma bouche. Ses yeux ne quittaient pas les miens. Dans ma tête, c'était l'apocalypse. Partir, rester. Vivre, mourir. J'étais au pied du mur, je ne pouvais plus reculer.

— Alors, Francine ? Ta repartie s'est fait la malle ?

Ce fut la remarque de trop. Je me levai du lit et me plantai devant lui.

— Merci, Michel. Grâce à toi, je sais enfin ce que je veux : je pars.

En guise d'adieu, je déposai un petit baiser à la commissure de ses lèvres. Il ne se passa rien. Aucun frisson, aucune réaction à cet ultime contact, ni de sa part ni de la mienne. Je sus que c'était fini entre nous. Après trente-neuf ans de mariage, plus de quarante ans passés à ses côtés, le château de cartes, trop fragile, venait de s'effondrer.

Pendant que je rassemblais quelques affaires, Michel se coucha sur notre lit. Il me sembla l'entendre pleurer. Je fermai mes écoutilles : j'avais fait le plus difficile, je devais partir, quitter ma maison au plus vite pour ne pas revenir en arrière. Je pris le strict nécessaire. Ma valise en main, je claquai la porte derrière moi.

Chancelante, je me rendis jusqu'à la borne de taxi la plus proche. Dans mon corps, les battements de mon cœur semblaient vouloir rompre mes côtes. Je ne parvenais pas à les apaiser. Un véhicule arriva rapidement.

— Où va-t-on, madame ?

— Chez ma mère, bredouillai-je.

— Très bien. Mais sans son adresse, je vais avoir du mal à vous y conduire.

— Pardon. Rue Sedaine, dans le onzième.

— Est-ce que tout va bien, madame ?

— Oui, je vous remercie.

J'inspirai un bon coup et souris au chauffeur qui ne sembla pourtant pas convaincu.

Durant tout le trajet, j'observai la course des nuages quand la hauteur des immeubles me le permettait. J'avais toujours été fascinée par le ciel et sa beauté. Les nuages étaient de plus en plus sombres à mesure que j'approchais du domicile de ma mère. Têtue comme une mule, Maman vivait encore chez elle. Christian et moi n'avions toujours pas réussi à la convaincre de vendre sa maison. C'était peut-être un signe. Je n'aurais jamais imaginé retourner vivre avec elle, même pour une courte durée, et pourtant, cette perspective inattendue m'enchantait. Je pensais très peu à Michel ; il faudrait que je retourne chez nous prendre d'autres affaires, mais à cet instant précis, j'aspirais à penser à ma nouvelle vie, aux choses que j'allais mettre en place pour être heureuse, enfin.

Je sortis du taxi sous un ciel menaçant. Je sonnai à la porte de chez Maman. Lorsqu'elle entrouvrit, une serviette enroulée sur la tête, elle portait le vieux peignoir de mon père. J'ignorais qu'il existait encore.

— Francine, qu'est-ce que tu fais là, avec cette valise ? Tu pars quelque part ?

— Maman, ouvre-moi, il commence à pleuvoir...

— Et si je n'étais pas seule ? lança ma mère en me barrant la route.

La valise m'échappa des mains. Je me décomposai.

— Mince alors, un homme vit chez toi ? Tu m'aurais caché une chose pareille ? demandai-je en essayant de regarder à l'intérieur.

— Allez, entre, bourrique, je te faisais marcher. Je préparais du thé, je t'en sers une tasse ?

— Avec plaisir, Maman. Il faut que je te parle.

Je m'installai à la table de la cuisine où jadis nous prenions nos repas tous les quatre quand Papa était encore des nôtres. Tout en me servant, Maman m'observait avec un petit sourire bienveillant.

— Ne te casse pas la tête, Francine, j'ai compris. Tu veux t'installer ici ?

— C'est temporaire… Juste quelques semaines, le temps de me retourner.

— Je me demandais combien de temps tu allais mettre pour franchir le pas.

— Tu savais ?

— J'ai toujours su. Tu n'étais pas heureuse, ma fille. Ça se voyait comme le nez au milieu de la figure. Mais toi seule pouvais décider de tout arrêter et de te donner une nouvelle chance.

— C'est tellement dur. Comment savoir si j'ai bien fait ?

— Ta grand-mère disait toujours : le bonheur se cache parfois derrière les nuages.

— Je croyais que c'était toi qui avais inventé cette expression.

— Non, c'est elle. C'était sa façon de dire qu'après la pluie vient le beau temps.

— Maman, j'ai la trouille.

— Mais la trouille de quoi, au juste ?

— Et si le bonheur n'était pas pour moi ?

— Ma chérie, le bonheur ne se vit pas qu'à deux. Être heureux, c'est d'abord s'aimer soi, pour ce qu'on est, pour ce qu'on fait. Il n'y a pas de bonheur sans douleur et il n'y a pas de réussite sans échec. Tu as eu le courage de quitter ton mari et tu as bien fait puisqu'il n'était plus une source de bonheur depuis longtemps. Et si pour toi, être heureuse passe obligatoirement par être amoureuse, alors peut-être que ton âme sœur n'est pas très loin…

— Mais je ne suis plus très jeune !

— Qu'est-ce que je devrais dire, dans ce cas ? Tu sais, c'est dans les vieilles marmites qu'on fait les meilleures soupes.

— Comment peux-tu me dire ça alors que tu n'as jamais refait ta vie après Papa ?

— Ça, c'est ce que tu crois, ma fille, lança-t-elle avec un petit sourire espiègle. Tu vas voir, on va bien s'amuser toutes les deux. Allez, bois ! C'est un thé gyokuro du Japon, une pure merveille. Tu m'en diras des nouvelles.

*

Parfois on sait. Parfois, on ne sait pas, et parfois, on fait semblant de ne pas savoir. Voilà comment j'en étais arrivée là, un dimanche matin, à boire du thé avec ma petite maman. Il avait suffi d'une pièce de théâtre pour chambouler ma vie bien rangée. Je pensais à mes filles, à mes petits-enfants. Rien ne serait plus jamais comme avant, mais je me sentais bien. J'étais calme, étrangement calme, à tel point que je me demandais si c'était bien du thé que ma mère m'avait servi.

Remerciements

Pour commencer, je souhaiterais remercier cette illustre inconnue dont j'ai croisé le regard un soir de novembre 2019, à la Villa Dondelli (excellent restaurant italien, soit dit en passant), rue Monsigny, à Paris. Elle semblait tellement mélancolique. Assis en face d'elle, un mari occupé sur son téléphone portable. De l'autre côté de la rue, un théâtre, les Bouffes Parisiens. Il ne m'en fallut pas plus pour imaginer les prémices de l'histoire de Francine. Paul Éluard a dit : « Il n'y a pas de hasard, il n'y a que des rendez-vous. » Si vous saviez à quel point j'y crois ! Toute ma vie repose sur ces rendez-vous, mais un roman ne suffirait pas à vous les relater. Merci donc à cette femme d'avoir eu cet instant d'égarement dans les yeux. Je vous rassure, d'autres amis ont rapidement rejoint le couple, et l'inconnue a commencé à sourire. Tant mieux pour elle ! Mais, pour ma Francine, il était déjà trop tard. J'allais lui écrire une issue salvatrice qui la libérerait de ses chaînes. Il n'y a pas d'âge pour être heureux, voilà le fil conducteur de ce neuvième roman. J'espère que vous l'aurez saisi avant de lire ces lignes. Tant qu'on ne l'est pas, on peut encore tout mettre en œuvre pour le devenir. Ne l'oubliez jamais : « Le bonheur ne se trouve pas au sommet de la montagne mais dans sa façon de la gravir. » J'adore cette citation de Confucius.

— Allez, Dagotor ! Abrège !

— Roooh, Insomnie, tu m'agaces ! Tu ne vois pas que c'est un moment important pour moi ?

— Pffff, tant de sentimentalisme, ça m'écœure...

— Si t'es pas contente, c'est la même chose. Je ne te demande pas de rester. Il est tard, tu as d'autres chats à fouetter !

— Ou d'autres gens à réveiller... Bon, je file. Mais je t'en prie, fais vite ! Tu vas les incommoder, tous ces pauvres gens.

— Ce ne sont pas des « gens », ce sont des lecteurs !

— Suis plus là !

— Si seulement...

Je vous prie d'excuser cette peste d'Insomnie, elle n'est jamais bien loin quand il s'agit de venir me perturber. Donc, j'en étais où ? Ah oui !

Merci à Fred, mon mari. Peut-être ne liras-tu pas ce livre ? Tu commences à prendre sérieusement du retard. C'est un scandale ! Ne crois pas que j'aie écrit cette histoire pour te passer un message... C'est vrai, mon chat, que parfois les nuages gâchent un peu notre bonheur, mais il suffit de souffler très fort pour les dissiper. Tu es mon soleil, ma pluie, mon brouillard, mon arc-en-ciel, mes nuages et mes éclaircies, et sans toi, la vie n'aurait pas la même saveur. Merci de m'avoir donné deux beaux enfants – que j'embrasse très fort au passage. Je vous aime si fort tous les trois.

Merci à mes parents, mes sentiments n'ont pas changé depuis mon précédent roman. Quoique ! Ils sont sans doute encore plus forts ! *Vi voglio ancora più bene* !

Merci à mon immense famille et belle-famille. Merci à ma sœur Hélène qui attend impatiemment cette nouvelle histoire, aux Dago et aussi aux Tor, qui croient en moi et m'encouragent. Merci pour tout votre amour.

Merci à tous mes amies de la vraie vie et à tous les auteurs devenus des amis. Pardon si je ne vous cite pas, vous êtes nombreux.

Merci à mes amies lectrices qui œuvrent durant la création : Aurélie, Corinne et Isabelle. Mesdames, sans vous, je ne sais pas où j'en serais... Merci d'être là dans les moments de doute – et Dieu sait s'ils ont été nombreux pour ce roman. Merci du fond du cœur pour votre rapidité à me lire et votre sincérité...

Merci du fond du cœur à mes éditrices en or : Noëlle, Delphine et Olivia. Vous croyez en moi plus que moi. Vous êtes mes petites fées.

Et enfin, merci à tous les libraires qui accueillent et recommandent mes livres, ainsi qu'à tous les blogueurs qui font de même sur les réseaux.

— Dagotor, t'as pas fini ?

— Je t'en pose des questions, Insomnie ? Comment veux-tu que je finisse si tu m'interromps tout le temps ?

— Argh, toujours des excuses ! Allez, conclus ! Pense aux gens !

— J'y venais, justement…

Chères lectrices, chers lecteurs, mes loulous et mes louloutes, pour les intimes. Je vous remercie mille fois d'être au rendez-vous. J'espère que cette nouvelle histoire, un brin différente, vous a plu. Francine m'a donné du fil à retordre. Elle n'y est pour rien la pauvre, le (premier) confinement n'a pas aidé : plutôt qu'écrire, j'ai préféré amuser la galerie en poussant la chansonnette sur les réseaux sociaux… Je ne peux m'en prendre qu'à moi. Dans ce roman, j'ai aimé explorer d'autres facettes de mon écriture ; j'espère que ma plume continue de vous surprendre et de vous séduire. Vous êtes toujours plus nombreux à me lire et à m'écrire. Merci pour toutes vos actions de dagotorisation. Sans vous, je ne serais pas là. Merci infiniment. Je vous surkiffe. J'attends de vos nouvelles.

— Ça y est, Dagotor ?

— Oui, presque ! J'ai juste un dernier truc à leur dire…

— Dagotor, jamais tu ne cesses ?

— Non, c'est plus fort que moi. Bon vent, Insomnie.

— Ouais, à demain, quoi…

Que ressentez-vous, là, tout de suite, au moment de refermer ce livre ? N'êtes-vous pas un brin frustré ? Comme si vous en vouliez plus, comme si l'histoire de Francine ne faisait que commencer… Que diriez-vous d'une suite ? Parce qu'en toute franchise, les doigts me démangent déjà. Alors, voici mon mail, n'hésitez pas à m'écrire pour me dire ce que vous en pensez. J'ai hâte de vous lire.

Je vous embrasse,

Dagotorement vôtre !

Sonia

Mon mail : sonia.dagotor@gmail.com
Retrouvez Insomnie sur Facebook : www.facebook.com/soniadagotor
Instagram et Twitter à @soniadagotor

Composition et mise en page
Nord Compo à Villeneuve-d'Ascq

Canoros Vehit Canentes

Imprimé en France par CPI
en avril 2021

FSC
www.fsc.org
MIXTE
Papier issu de
sources responsables
FSC® C003309

L'éditeur de cet ouvrage s'engage dans une démarche
de certification FSC® qui contribue à la préservation
des forêts pour les générations futures.

Pour en savoir plus :
www.editis.com/engagement-rse/

N° d'édition : 61746/01
N° d'impression : 162510